LA BADESSA DI CASTRO

Stendhal

Texte et illustration de couverture : © domaine public
Edition : Culturea (Hérault, 34)
Contact : infos@culturea.fr
Retrouvez notre catalogue sur http://culturea.fr
Imprimé en Allemagne par Books on Demand
Design typographique : Derek Murphy
Layout : Reedsy (https://reedsy.com/)

Dépôt légal : janvier 2023

ISBN : 9791041841356

Capitolo 1

Il melodramma italiano ci ha mostrato così spesso i briganti del Cinquecento, e tanta gente ne ha parlato, senza conoscerli, che noi abbiamo intorno ad essi le idee più false.

Si può dire, in generale, che i briganti costituirono l'"opposizione" contro gli atroci governi che in Italia succedettero alle repubbliche del Medioevo. Il nuovo tiranno fu di solito il più ricco cittadino della defunta repubblica, il quale, per accattivarsi il favore del basso popolo, ornava la città di splendide chiese e di bei quadri.

Tali furono i Polentani di Ravenna, i Manfredi di Faenza, i Riaro di Imola, gli Scaligeri di Verona, i Bentivoglio di Bologna, i Visconti di Milano, e finalmente i meno bellicosi e i più ipocriti di tutti, i Medici di Firenze. Nessuno tra gli storici di questi piccoli stati ha avuto il coraggio di raccontare gli avvelenamenti e gli innumerevoli assassinii ordinati dalla paura che tormentava quei tirannelli: quei pesanti storici erano al loro soldo.

Notate che ogni tiranno conosceva uno per uno i repubblicani da cui si sapeva esecrato (Cosimo granduca di Toscana, per esempio, conosceva lo Strozzi) e che parecchi tiranni morirono assassinati, e allora comprenderete la serietà del Cinquecento, l'odio profondo e l'eterna diffidenza che diedero tanto ingegno e tanto coraggio agli Italiani del Cinquecento e tanta genialità agli artisti di quel secolo. Vi accorgerete che passioni così forti impedirono la nascita di quel pregiudizio piuttosto ridicolo che al tempo della signora di Sévigné si chiamava l'"onore" e che consiste soprattutto nel sacrificare la propria vita per servire il padrone di cui si è nati sudditi e per piacere alle dame. Nel Cinquecento l'attività di un uomo e il suo reale valore non potevano rivelarsi in Francia e suscitare l'ammirazione se non per mezzo di atti coraggiosi sul campo di battaglia o nei duelli; e poiché alle donne piace il coraggio e soprattutto l'audacia, i giudici supremi del valore di un uomo furono per l'appunto le donne.

Nacque lo "spirito di galanteria", che preparò via via l'annientamento di tutte le passioni, e perfino dell'amore, a tutto profitto di quel crudele tiranno a cui obbedisce ognuno di noi: la vanità. I re si misero a proteggere la vanità, e ben a ragione: donde l'impero delle onorificenza.

In Italia un uomo si faceva conoscere con ogni genere di merito, coi gran colpi di spada come con le scoperte negli antichi manoscritti: vedete il Petrarca, l'idolo del proprio tempo. Una donna del Cinquecento amava un uomo dotto in greco più di quel che avrebbe amato un uomo celebre per il valore militare. Si videro allora delle passioni, e non già l'abitudine della galanteria. Ecco la grande differenza tra l'Italia e la Francia, ecco perché l'Italia ha visto nascere un Raffaello, un Giorgione, un Tiziano, un Correggio, mentre la Francia produceva tutti quei valorosi capitani del secolo decimosesto, oggi così dimenticati, ognuno dei quali, tuttavia, uccise così gran numero di nemici.

Chiedo perdono per le dure verità che dico. Comunque sia, le vendette atroci e "necessarie" dei tirannelli italiani del Medioevo conquistarono ai briganti il cuore del popolo. Senza dubbio, i briganti erano odiati quando rubavano cavalli, grano, danaro, quanto insomma occorreva loro per vivere; ma, insomma, il cuore del popolo era per loro; e le ragazze del contado preferivano il giovanotto che, una volta nella vita, era stato costretto "a darsi alla macchia", cioè a fuggire nei boschi e a rifugiarsi presso i briganti a cagione di qualche grossa imprudenza.

Anche oggi tutti certamente hanno paura d'un incontro coi briganti; ma quando poi sono puniti, ognuno li compatisce. Il fatto è che questo popolo così perspicace, così scanzonato, così pronto a turbarsi degli scritti a stampa approvati dalla censura dei suoi padroni, legge abitualmente poesie che narrano con ammirazione la vita dei più famosi briganti. Quel che c'è d'eroico in queste storie commuove la fibra artistica sempre viva "nella plebe" e, d'altra parte, questa è così sazia delle lodi ufficiali tributate a certe persone che quanto non è ufficiale in codesto genere le va diritto al cuore. Bisogna sapere che il basso popolo in Italia soffre di alcune cose di cui il viaggiatore straniero non s'accorgerebbe mai, anche se rimanesse dieci anni nel paese.

Quindici anni fa, per esempio, prima che la saggezza dei governi avesse soppresso il brigantaggio, (é Gasparone, l'ultimo brigante. Nel 1826 entrò in trattative col governo. Fu rinchiuso nella fortezza di Civitavecchia con trentadue dei suoi uomini. Solo la mancanza d'acqua sulle cime dell'Appennino dove s'era rifugiato poté costringerlo alla resa. E' un uomo di spirito, e d'aspetto abbastanza piacente), non era infrequente il caso che i banditi punissero con le loro imprese le angherie dei governatori di piccole città. Questi governatori, magistrati assoluti il cui stipendio non supera gli otto scudi mensili, obbediscono naturalmente alla famiglia più cospicua del luogo, la quale perciò, con questo mezzo molto semplice, opprime i propri nemici. Se non sempre i briganti riuscivano a punire quei piccoli governatori tirannici, almeno s'infischiavano di loro e li sfidavano; e questo non è poco agli occhi di un popolo intelligente come l'italiano. Un sonetto satirico lo consola di tutti i suoi mali, e un'offesa non è mai dimenticata. Ecco un'altra differenza capitale tra l'Italiano e il Francese.

Nel Cinquecento, se il governatore d'una borgata condannava a morte un povero terrazzano preso di mira dalla famiglia principale, non era raro il caso che i briganti prendessero d'assalto la prigione e cercassero di liberare l'oppresso. La famiglia potente, dal canto suo, non fidandosi troppo degli otto o dieci soldati posti dal governo a guardia della prigione, metteva in armi a sue spese un drappello di soldati avventizi. I "bravi" bivaccavano nei dintorni della prigione ed erano incaricati di scortare fino al luogo del supplizio il povero diavolo la cui morte era stata patteggiata a suon di danari. Se nella famiglia potente c'era un giovane, questi si metteva alla testa di quei soldati improvvisati.

Un simile stato di civiltà offende la morale, d'accordo: oggi noi abbiamo il duello, la noia, e giudici che non si vendono; ma quei costumi del Cinquecento erano mirabilmente adatti a creare uomini degni di questo nome. Molti storici, ancor oggi lodati dalla stracca letteratura accademica, han cercato di dissimulare uno stato di cose che verso il 1550 formò dei caratteri così grandi. Le loro prudenti menzogne furono ricompensate con tutti gli onori di cui potevano disporre i Medici a Firenze, gli Estensi a Ferrara, i viceré spagnoli a Napoli, eccetera. Un povero storico, il Giannone, ha voluto sollevare un lembo di velo; ma, poiché non ha osato dire che una piccolissima parte della verità, e anche questa in forma dubitativa e oscura, egli si è dimostrato uno scrittore molto noioso: il che non ha impedito che sia morto in prigione a ottantadue anni il 7 marzo 1758.

Quando si vuol conoscere la storia d'Italia, bisogna prima di tutto evitare di leggere gli scrittori generalmente approvati: in nessun paese è stato meglio conosciuto quale valore ha la menzogna, in nessuno essa è stata meglio pagata. (Pieni di menzogne sono Paolo Giovio, vescovo di Como, l'Aretino, e cento altri meno divertenti, sfuggiti all'infamia grazie alla noia che ispirano, Robertson, Roscoe. Il Guicciardini si vendette a Cosimo Primo, che si burlò di lui. Ai nostri giorni il Colletta e il Pignotti hanno detto la verità: l'ultimo con la continua paura d'esser destituito, benché pensasse a far pubblicare la sua opera solo dopo la sua morte.)

Le prime storie che siano state scritte in Italia dopo la grande barbarie del secolo nono, fanno già menzione dei briganti, e ne parlano come se esistessero da tempo immemorabile. (Si veda la raccolta del Muratori). Quando, disgraziatamente per il pubblico bene, per la giustizia e per il buon governo, ma fortunatamente per le belle arti, le repubbliche del Medioevo furono soppresse, i repubblicani più energici, quelli che amavano la libertà più della maggioranza dei loro concittadini, si rifugiarono nei boschi. Il popolo, naturalmente, vessato com'era dai Baglioni, dai Malatesta, dai Bentivoglio, dai Medici e via dicendo, amava e rispettava i loro nemici. Le crudeltà dei tirannelli che succedettero ai primi usurpatori, le crudeltà, per esempio, di Cosimo Primo, granduca di Firenze, che faceva assassinare perfino a Venezia, perfino a Parigi, i repubblicani rifugiatisi là, diedero delle reclute a quei briganti. Per parlare soltanto dei tempi prossimi a quelli in cui visse la nostra eroina, negli anni intorno al 1550, Alfonso Piccolomini duca di Monte Mariano e Marco Sciarra si misero con buon consenso alla testa di bande armate che nei dintorni di Albano sfidavano i soldati del papa allora molto valorosi.

La linea delle operazioni di questi famosi capi che il popolo ammira tuttora, andava dal Po e le paludi di Ravenna fino ai boschi che allora coprivano il Vesuvio. La foresta della Faiola, così celebrata per le loro imprese, situata a cinque leghe da Roma sulla via di Napoli, era il quartiere generale di Sciarra, che, durante il pontificato di Gregorio Tredicesimo, qualche volta mise insieme parecchie migliaia di soldati. La storia particolareggiata di questo illustre brigante riuscirebbe incredibile alla generazione attuale perché non si potrebbero comprendere i motivi dei suoi atti. Egli non fu vinto che nel 1592. Quando vide che i suoi affari volgevano al peggio, intavolò trattative con la repubblica di Venezia e passò al servizio di questa coi suoi soldati più devoti o, se si vuole, più colpevoli. Alle proteste del governo romano, Venezia, che aveva firmato un patto con Sciarra, lo fece assassinare e mandò i suoi valorosi soldati a difendere, contro i Turchi, l'isola di Candia. Ma la saggezza veneta ben sapeva che a Candia infieriva una micidiale pestilenza, e in pochi giorni i cinquecento soldati che Sciarra aveva condotto con sé al servizio della repubblica furono ridotti a sessantasette.

La foresta della Faiola, i cui alberi giganteschi ricoprono un antico vulcano, fu l'ultimo teatro delle imprese di Marco Sciarra. Tutti i viaggiatori vi diranno che è il posto più bello di quella stupenda campagna romana, il cui fosco aspetto sembra fatto apposta per la tragedia. Essa incorona con la sua nera verdura le vette del monte Albano.

Noi dobbiamo questa magnifica montagna a certa eruzione vulcanica anteriore di parecchi secoli alla fondazione di Roma. In un tempo che ha preceduto ogni storia essa emerse in mezzo alla vasta pianura che una volta si estendeva tra gli Appennini e il mare. Monte Cavo, che si innalza circondato dalle cupe ombre della Faiola, ne è il punto culminante. Dappertutto si vede, da Terracina e da Ostia come da Roma e da Tivoli, e l'orizzonte di Roma così noto ai viaggiatori è limitato a mezzogiorno dai colli albani, oggi gremiti di ville. Un convento di monaci neri ha sostituito sulla vetta di Monte Cavo il tempio di Giove Feretrio, dove i popoli latini venivano a sacrificare in comune e a rinsaldare i vincoli d'una sorta di federazione religiosa. Protetto dall'ombra di superbi castagni, il viaggiatore arriva in poche ore agli enormi blocchi diroccati dell'antico tempio; ma sotto quelle ombre cupe, così deliziose in un clima caldo come quello del Lazio, guarda inquieto verso il fondo della foresta: anche oggi egli ha paura dei briganti. Raggiunta la vetta di Monte Cavo, si accende il fuoco nelle rovine del tempio per preparare da mangiare. Da questo punto, che domina tutta la campagna romana, all'ora del tramonto, si scorge il mare, e sembra a due passi benché sia a tre o quattro leghe. Si distinguono fin le più piccole barche; col più debole cannocchiale si possono contare le persone che vanno a Napoli sul bastimento a vapore. Da tutte le altre parti lo sguardo spazia su una splendida pianura che è limitata a levante dall'Appennino, sopra Palestrina, e a settentrione da San Pietro e dagli altri edifici di Roma. E poiché Monte Cavo non è molto alto, l'occhio coglie i minimi particolari di questo sublime paesaggio che potrebbe fare a meno di illustrazione storica, e tuttavia ogni ciuffo d'alberi, ogni pezzo di muro in rovina, veduto nella pianura o sul pendio della montagna, ricorda una di quelle battaglie raccontate da Tito Livio, ammirevoli per il patriottismo e per il valore.

Anche oggi, per salire ai blocchi enormi che sono i resti del tempio di Giove Feretrio e che servono di muro di cinta al giardino dei monaci neri, si può seguire la "via trionfale" percorsa un tempo dai primi re di Roma. E' lastricata di pietre tagliate molto regolarmente; e in mezzo alla foresta della Faiola se ne trovano dei lunghi tratti.

Sull'orlo del cratere spento che oggi, riempito di un'acqua limpida, è divenuto il lago di Albano di cinque o sei miglia di circonferenza, così profondamente chiuso entro rocce di lava, era situata Alba, la madre di Roma, distrutta dalla politica romana fin dal tempo dei primi re. Qualche secolo più tardi, a un quarto di lega da Alba, sul versante della montagna che guarda il mare, è sorta Albano, la città moderna, separata dal lago da una parete di rocce che nascondono il lago alla città e la città al lago. Quando la si scorge dalla pianura, le sue bianche case spiccano sulla verdura nera e profonda della foresta così cara ai briganti e così spesso nominata, che incorona da ogni lato la montagna vulcanica.

Albano, che conta oggi cinque o seimila abitanti, non ne aveva tremila nel 1540, quando la famiglia Campireali, di cui stiamo per raccontare le sventure, fioriva tra le più nobili.

Traduco questa storia da due voluminosi manoscritti, uno romano e l'altro fiorentino. Con mio gran pericolo ho osato riprodurne lo stile, che somiglia a quello delle nostre vecchie leggende. Lo stile così fine e così misurato del nostro tempo mi pare che non sarebbe andato d'accordo con le azioni raccontate e soprattutto con le riflessioni degli autori. Questi scrivevano verso il 1598. Chiedo venia al lettore per loro e per me.

Capitolo 2

"Dopo aver narrato tante storie tragiche, dice l'autore del manoscritto fiorentino, finirò con quella che più di tutte mi fa pena a raccontare. Parlerò di quella famosa badessa del convento della Visitazione a Castro, Elena di Campireali, del cui processo e della cui morte tanto si parlò nell'alta società romana e italiana.

Verso il 1555 i briganti già spadroneggiavano nei dintorni di Roma: i magistrati erano venduti alle famiglie potenti. Nel 1572, che fu l'anno del processo, Gregorio Tredicesimo, Boncompagni, salì il soglio di Pietro. Questo santo pontefice riuniva in sé tutte le virtù apostoliche; ma si è potuta rimproverare qualche debolezza al suo governo civile: egli non seppe né scegliere giudici onesti, né reprimere il brigantaggio; s'affliggeva dei delitti e non aveva la forza di punirli. Gli sembrava che infliggendo la pena di morte si sarebbe assunto una tremenda responsabilità. Il risultato di questo modo di pensare fu che un numero quasi infinito di briganti popolò le strade che menano alla città eterna. Per viaggiare con una certa sicurezza bisognava esser amico dei briganti. La foresta della Faiola domina la strada di Napoli che passa per Albano, e perciò era da un pezzo il quartiere generale d'un governo in guerra con quello di Sua Santità. Parecchie volte Roma fu costretta a trattare da potenza a potenza con Marco Sciarra, uno dei re della foresta. La forza di questi briganti era nell'amore che avevan per loro i contadini dei dintorni.

"Questa graziosa città d'Albano, così vicina al quartier generale dei briganti, vide nascere nel 1542 Elena di Campireali. Suo padre passava per il patrizio più ricco del paese, e perciò aveva potuto sposare Vittoria Carafa, che possedeva grandi terre nel regno di Napoli. Potrei nominare alcuni vecchi che vivono ancora e che hanno conosciuto bene Vittoria Carafa e la sua figliola. Vittoria fu un modello di prudenza e d'intelligenza; ma, con tutto il suo genio, non poté prevenire la rovina della sua famiglia. Strano! Le spaventose sciagure che saranno il triste argomento della mia narrazione non possono, a quanto mi sembra, essere rimproverate in particolare a nessuno dei personaggi che sto per presentare al lettore: vedo in loro degli sventurati, ma, in verità, in nessuno posso riconoscere il colpevole. La meravigliosa bellezza e l'anima così tenera della giovane Elena erano due grandi pericoli per lei e sono la scusa del suo amante Giulio Branciforte, proprio come l'assoluta mancanza d'intelligenza di monsignor Cittadini, vescovo di Castro, può fino a un certo punto scusarlo. Egli era debitore della sua rapida ascensione nella carriera degli onori ecclesiastici all'onestà della sua condotta, e soprattutto all'aspetto più nobile e al volto più regolarmente bello che non si poteva vederlo senza amarlo.

"Poiché non è mia intenzione adulare nessuno, non dissimulerò che un santo monaco del convento di Monte Cavo, il quale spesso era stato sorpreso nella sua cella sollevato a parecchi piedi dal suolo, come san Paolo, da non altro che dalla grazia divina sostenuto in quella posizione straordinaria (Anche oggi le popolazioni della campagna romana ritengono che questa strana posizione sia un segno certo di santità. Verso l'anno 1826 un monaco di Albano fu sorpreso più volte sollevato da terra per grazia divina. Gli furono attribuiti numerosi miracoli; da luoghi distanti venti leghe la gente accorreva per riceverne la benedizione; signore della più alta società lo videro nella sua cella sospeso a tre piedi da terra, poi, improvvisamente, scomparve), aveva predetto al signor di Campireali che la sua famiglia si sarebbe spenta con lui e che egli avrebbe avuto due soli figlioli, i quali perirebbero tutti e due di morte violenta. Per questa predizione non gli riuscì di ammogliarsi nel paese e andò a cercare fortuna a Napoli, dove ebbe la buona sorte di trovare grandi ricchezze e una moglie capace con la sua intelligenza di mutargli il cattivo destino se una cosa simile fosse possibile.

Il signor di Campireali aveva fama di perfetto gentiluomo e faceva grandi elemosine; ma non aveva alcun ingegno, e per questo a poco a poco cessò di dimorare a Roma e finì col trascorrere quasi tutto l'anno nel suo palazzo di Albano. Si dedicava alla coltivazione delle sue terre, situate in quella ricca pianura che si stende tra la città e il mare. Per consiglio della moglie fece educare magnificamente il suo figliolo Fabio, giovane orgogliosissimo della propria nascita, e la sua figliola Elena, che fu un miracolo di bellezza, come attesta il suo ritratto che si conserva tuttora nella collezione Farnese. Dopo che ho incominciato a scrivere questa storia sono andato al palazzo Farnese per contemplare la veste mortale che il cielo aveva dato a questa donna, il cui funesto destino levò tanto rumore ai suoi tempi e occupa ancora la memoria degli uomini. La forma del capo è un ovale allungato, la fronte è molto ampia, i capelli sono d'un biondo cupo. La fisionomia è piuttosto lieta. Gli occhi, grandi, hanno un'espressione profonda, e le sopracciglie castane formano un arco perfettamente disegnato. Le labbra sono molto sottili e si direbbe che le linee della bocca sono state disegnate dal famoso pittore Correggio. Veduta in mezzo ai ritratti che la circondano nella galleria Farnese, ha l'aspetto d'una regina. Accade molto di rado che l'aspetto allegro accompagni la maestà.

"Dopo aver passato otto anni interi nel convento della Visitazione della città di Castro, ora distrutta, dove erano mandate in quel tempo le fanciulle di quasi tutti i principi romani, Elena ritornò nel proprio paese, ma prima di lasciare il convento fece offerta d'uno splendido calice all'altare maggiore della chiesa. Appena fu ritornata ad Albano, il padre fece venir da Roma, offrendogli una lauta pensione, il celebre poeta Cecchino, allora molto avanzato in età. Questi ornò la memoria di Elena dei più bei versi del divino Virgilio e dei suoi famosi discepoli, Dante, il Petrarca e l'Ariosto".

Qui il traduttore è costretto a saltare una lunga dissertazione sui diversi gradi di gloria che il secolo decimosesto assegnava a questi grandi poeti. Parrebbe che Elena sapesse il latino. I versi che le facevano imparare a memoria parlavano d'amore, e di un amore che ci sembrerebbe molto ridicolo se lo trovassimo in quest'anno di grazia 1839; voglio dire l'amore appassionato che si nutre di grandi sacrifici, non può sussistere se non avvolto di mistero ed è sempre vicino alle sciagure più tremende.

Tale era l'amore che ad Elena appena diciassettenne seppe ispirare Giulio Branciforte. Era questi uno dei suoi vicini, poverissimo: abitava una casupola costruita sulla montagna, a un quarto di lega dalla città, in mezzo alle rovine dell'antica Alba e sul ciglio di quel precipizio alto centocinquanta piedi, tappezzato di verdura, che circonda il lago. La casa, vicinissima alle cupe e magnifiche ombre della foresta della Faiola, fu poi abbattuta per la costruzione del convento di Palazzolo. Quel povero giovane non aveva altro bene che il suo aspetto svelto e vivace e l'indifferenza non simulata con cui sopportava la sua mala fortuna. Aveva un volto espressivo senza essere bello, e questo era quanto di meglio si poteva dire in suo favore. Ma si diceva che aveva combattuto valorosamente al comando del principe Colonna, tra i suoi "bravi", in due o tre imprese molto rischiose. Povero, non bello, egli era nondimeno il cuore di cui le ragazze di Albano avrebbero fatto più volentieri la conquista. E poiché era ben accolto dappertutto, Giulio Branciforte non aveva avuto che facili amori fino al momento in cui Elena ritornò dal convento di Castro.

"Quando, poco dopo, il gran poeta Cecchino si trasferì da Roma al palazzo Campireali per insegnare le belle lettere alla fanciulla, Giulio, che lo conosceva, gli diresse una poesia in latino sulla felicità che la sua vecchiaia avrebbe avuto nel vedere due occhi così belli fissi nei suoi e un'anima così pura essere felice quando egli si fosse degnato di approvarne i pensieri. La gelosia e il dispetto delle ragazze corteggiate da Giulio prima del ritorno di Elena resero ben presto inutili tutte le precauzioni a cui egli ricorreva per tenere nascosta la sua nascente passione, e io devo confessare che i due giovani innamorati (lui aveva ventidue anni e lei diciassette) si comportarono da principio in un modo che la prudenza non potrebbe approvare. Non erano passati tre mesi che il signor di Campireali s'avvide che Giulio Branciforte passava troppo spesso sotto le finestre di quel suo palazzo che ancora si vede a metà della grande strada che sale verso il lago".

La franchezza e la rudezza, conseguenza naturale della libertà tollerata dalle repubbliche, e l'abitudine delle libere passioni non ancora represse dai costumi monarchici, si rivelano appieno nel primo passo del signor di Campireali. Il giorno stesso in cui fu offeso dalle frequenti apparizioni del giovane Branciforte lo apostrofò in questi termini:

 Come osi passare così di continuo davanti alla mia casa e lanciare occhiate impertinenti alle finestre di mia figlia, tu che non possiedi nemmeno vestiti per coprirti? Se non temessi che i vicini giudicassero male la cosa, ti regalerei tre zecchini d'oro e tu andresti a Roma a comperarti una tunica più decente. Almeno i miei occhi e quelli di mia figlia non sarebbero così spesso offesi dalla vista dei tuoi cenci.

Il padre di Elena esagerava: i vestiti del giovane Branciforte non si potevano dir cenci: erano di stoffa comune; ma, ancorché ben puliti e spazzolati, bisogna confessare che apparivano logori per il lungo uso. Giulio fu così profondamente addolorato per i rimproveri del signor di Campireali che di giorno non si fece più vedere davanti al palazzo.

Come abbiamo già detto, i due archi, resti d'un antico acquedotto, che servivano di mura principali alla casa costruita dal padre del Branciforte e da lui lasciata al figliolo, non distavano da Albano più di cinque o seicento passi.

Per discendere da quell'alto luogo alla città moderna Giulio era costretto a passare davanti al palazzo Campireali: Elena poté dunque notare l'assenza di quello strano giovane che, a quel che dicevano le sue amiche, aveva tralasciato ogni altra relazione per darsi tutto alla felicità che pareva provare nel guardar lei.

Una sera d'estate, verso mezzanotte, la finestra di Elena era aperta: la fanciulla respirava il venticello marino che si fa sentire molto bene sulla collina d'Albano, per quanto tra questa città e il mare si estendano tre leghe di pianura. La notte era cupa, il silenzio profondo: si sarebbe sentita cadere una foglia. Elena, affacciata alla finestra, pensava forse a Giulio, quando intravide qualcosa come l'ala silenziosa d'un uccello notturno che passava pian piano proprio contro la finestra. Si ritrasse spaventata. Non le venne l'idea che potesse trattarsi d'un oggetto offerto da qualche passante: la sua finestra era al secondo piano del palazzo, a più di cinquanta piedi da terra. Tutt'a un tratto le parve di riconoscere un mazzo di fiori in quella cosa strana che nel silenzio profondo passava e ripassava davanti alla finestra a cui era affacciata. Il cuore le batté con violenza.

Il mazzo di fiori sembrava fissato all'estremità di due o tre di quelle canne o grandi giunchi, abbastanza simili al bambù, che crescono nella campagna romana e danno delle aste lunghe tra i venti e i trenta piedi. La debolezza delle canne e il vento abbastanza forte facevano sì che Giulio provasse una certa difficoltà a tenere fermo il suo mazzo di fiori proprio davanti alla finestra a cui pensava che fosse affacciata Elena, e d'altra parte la notte era così buia che a quell'altezza non si poteva scorgere nulla. Immobile davanti alla finestra, Elena era profondamente agitata. Se avesse preso quel mazzo di fiori, non sarebbe stata una confessione? D'altra parte ella non provava nessuno di quei sentimenti che una simile avventura farebbe nascere oggi in una giovinetta dell'alta società, preparata alla vita da una raffinata educazione. Poiché suo padre e suo fratello Fabio erano in casa, il suo primo pensiero fu che il minimo rumore sarebbe seguito da un colpo d'archibugio sparato contro Giulio: le venne pietà del pericolo che correva quel povero giovane. Il suo secondo pensiero fu che questi, benché a lei quasi ignoto, era però la persona che avesse più cara al mondo dopo la sua famiglia. Finalmente, dopo qualche minuto d'esitazione, afferrò il mazzo di fiori e toccando le corolle nella profonda oscurità sentì che un biglietto era attaccato a uno stelo. Corse subito sullo scalone del palazzo per leggere quel biglietto alla luce di una lampada che ardeva davanti all'immagine della Madonna.

"Imprudente! si disse quando le prime righe l'ebbero fatta arrossire di gioia, se mi vedono sono perduta, e la mia famiglia non lo perdonerà a questo povero giovane". Ritornò nella sua camera e accese la lampada. Quel momento fu delizioso per Giulio, il quale, vergognoso del suo passo e come per nascondersi nell'oscurità profonda della notte, s'era stretto al tronco enorme d'uno di quei lecci dalle forme bizzarre che si vedono anche oggi intorno al palazzo Campireali.

Nella sua lettera Giulio raccontava con perfetta schiettezza l'umiliante reprimenda che aveva ricevuto dal padre di Elena.

"Io sono povero, è vero, diceva, e difficilmente voi potreste immaginarvi l'eccesso della mia povertà. Ho soltanto la mia casa, quella che forse voi avrete notato sotto le rovine dell'acquedotto di Alba: intorno alla casa c'è un giardino che io stesso coltivo e con le cui erbe mi sostento. Posseggo anche una vigna che affitto per trenta scudi l'anno. In verità io non so perché vi amo: non posso proporvi di certo di venire a condividere la mia miseria. E tuttavia, se voi non mi amate, la vita non vale più nulla per me; è inutile dirvi che sarei pronto a darla mille volte per voi. Eppure, prima del vostro ritorno dal convento, questa mia vita non era infelice: era anzi piena delle più splendide fantasticherie. Posso perciò dirvi che l'aspetto della felicità mi ha reso infelice. Nessuno al mondo, allora, avrebbe avuto il coraggio di dirmi le parole con cui vostro padre mi ha umiliato, ché mi sarei fatto immediatamente giustizia col mio pugnale. In quei giorni, col mio coraggio e con le mie armi, mi sentivo pari a tutti: nulla mi mancava. Ora tutto è cambiato: conosco il timore. Ma scrivo troppo: forse voi mi disprezzate. Se invece avete un po' di compassione per me, nonostante i poveri vestiti che mi coprono, osserverete che tutte le sere, quando batte la mezzanotte al convento dei Cappuccini in cima alla collina, io sono nascosto sotto il gran leccio di fronte alla finestra che guardo continuamente perché penso sia quella della vostra camera. Se non mi disprezzate come mi disprezza vostro padre, gettatemi un fiore del mazzo che vi ho offerto, ma badate che non cada su una delle cornici o uno dei balconi del vostro palazzo".

La lettera fu letta parecchie volte, e a poco a poco gli occhi di Elena si riempirono di lacrime; ella guardava con tenerezza quel magnifico mazzo di fiori che era legato con un fil di seta molto forte. Tentò di strapparne un fiore, ma non ci riuscì; poi il rimorso la prese. Strappare un fiore, sciupare in un modo qualsiasi un mazzo offerto da un innamorato, per le ragazze di Roma significava esporsi a far morire quell'amore. Ebbe timore che Giulio si spazientisse, corse alla finestra; ma sul punto di affacciarsi pensò che l'avrebbero vista troppo bene, perché la luce della lampada riempiva la camera. Elena non sapeva più qual segno potesse permettersi: le sembrava che non ce ne fosse nessuno che non dicesse troppo.

Tutta vergognosa, rientrò correndo nella camera. Ma il tempo passava. Le venne un'idea improvvisa che la gettò in un grande turbamento: Giulio poteva credere che lei lo disprezzava, come suo padre, perché povero! S'accorse di un piccolo frammento di marmo prezioso deposto sul suo tavolino, lo annodò nel fazzoletto, e gettò questo ai piedi del leccio davanti alla sua finestra. Poi fece segno che bisognava allontanarsi e sentì che Giulio le ubbidiva, perché, nell'andarsene, non cercava più di attutire il rumore dei passi. Quando egli ebbe raggiunto la vetta della cerchia di rocce che separa il lago dalle ultime case di Albano, Elena sentì che cantava parole d'amore: gli fece allora dei segni d'addio, questa volta meno timidi, e poi si rimise a leggere la lettera.

Il giorno dopo, e nei giorni seguenti, ci furono lettere e colloqui dello stesso genere; ma poiché in un villaggio italiano vien tutto osservato, e poiché Elena era il partito di gran lunga più ricco del paese, il signor di Campireali fu avvertito che tutte le sere dopo la mezzanotte si vedeva illuminata la finestra della camera di sua figlia, e che la finestra (cosa ben altrimenti straordinaria) era aperta, ed Elena vi stava affacciata come se non avesse alcun timore delle zanzare (insetti molto fastidiosi che sono il guaio delle belle serate nella campagna romana: ancora una volta devo chiedere venia al lettore: quando si cerca di conoscere gli usi dei paesi stranieri bisogna aspettarsi di trovare idee molto strane, diversissime dalle nostre). Il signor di Campireali preparò il proprio archibugio e quello del suo figliolo. La sera, quando suonarono le undici e tre quarti, avvisò Fabio, e tutti e due, facendo il minor rumore possibile, si mesero in agguato su un grande balcone di pietra al primo piano del palazzo, proprio sotto la finestra di Elena.

I massicci pilastri della balaustra di pietra li riparavano fino alla cintola dai colpi d'archibugio che si sarebbero potuti tirar loro dall'esterno. Suonò la mezzanotte: il padre e il figlio sentirono qualche piccolo rumore sotto gli alberi che fiancheggiavano la via di fronte al palazzo; ma, e la cosa li riempì di stupore, non si vide luce alla finestra di Elena. La fanciulla, che fino ad allora era stata così semplice che sembrava una bambina per la vivacità del carattere, da quando amava era del tutto mutata. Sapeva bene che la minima imprudenza poteva compromettere la vita del suo innamorato: se un signore potente come suo padre uccideva un povero diavolo come Giulio Branciforte, se la cavava con un'assenza di tre mesi che sarebbe andato a passare a Napoli: intanto i suoi amici di Roma avrebbero aggiustato la faccenda, e tutto sarebbe finito con l'offerta d'una lampada d'argento di qualche centinaio di scudi all'altare della Madonna allora di moda. La mattina, Elena s'era accorta, dalla fisionomia di suo padre, ch'egli era in gran collera; e dal modo che la guardava quando credeva di non essere osservato pensò che in quella collera lei doveva averci una gran parte. Andò subito a spargere un po' di polvere sul legno dei cinque magnifici archibugi che il padre teneva appesi vicino al letto, e ricoprì anche d'un leggero strato di polvere i pugnali e le spade. Durante tutta la giornata, come presa da una forte allegria, perlustrò la casa da cima a fondo; in ogni momento s'avvicinava alle finestre, con la ferma intenzione di fare a Giulio un segno negativo, se mai avesse la fortuna di scorgerlo. Non le venne in mente che il povero ragazzo, profondamente umiliato dal rabbuffo del ricco signor di Campireali, non si faceva mai vedere di giorno in Albano: la domenica soltanto andava per dovere alla messa parrocchiale. La madre di Elena, che l'adorava e che non sapeva rifiutarle nulla, quel giorno uscì tre volte con lei; ma fu inutile: Elena non incontrò Giulio. Era disperata. E a qual punto salì la sua disperazione verso sera allorché esaminando le armi del padre si accorse che due archibugi erano stati caricati e quasi tutte le spade e i pugnali maneggiati! La sola cosa che la distraeva dalla sua mortale inquietudine era l'estrema attenzione con cui badava a non lasciar vedere dagli altri il proprio stato d'animo. Ritirandosi alle dieci della sera, chiuse a chiave la porta della sua stanza da letto che dava sull'anticamera della madre: poi, seduta sul pavimento in modo che non la vedessero dall'esterno, non si mosse più dalla finestra. Si pensi all'ansia con cui sentì suonare le ore: non era più questione dei rimproveri che si faceva per essersi affezionata così presto a Giulio e mettersi quindi al rischio di apparire meno degna d'amore agli occhi di lui. Nel cuore di Elena il giovane prese più posto in quel giorno di quel che avrebbe fatto dopo sei mesi di costanza e di proteste. "Perché mentire? si diceva la giovinetta: o che forse non l'amo con tutte le forze dell'anima mia?".

Alle undici e mezzo vide benissimo suo padre e suo fratello porsi in agguato sotto il balcone di pietra sopra il quale c'era la sua finestra. Due minuti dopo che la mezzanotte era suonata al convento dei Cappuccini, sentì il passo del suo amante, che si fermò sotto la gran quercia. Notò con gioia che suo padre e suo fratello sembravano non essersi accorti di nulla: per cogliere un così lieve rumore ci voleva l'ansietà della passione.

"Ora, si disse, verranno ad uccidermi, ma bisogna impedire ad ogni costo che scoprano la lettera di questa sera, altrimenti non cesserebbero di perseguitare il povero Giulio". Si fece il segno della croce e, afferrandosi con una mano alla ringhiera di ferro si penzolò dalla finestra il più che poteva. Non era passato un quarto di minuto che il mazzo di fiori attaccato come al solito alla canna le venne ad urtare il braccio. Lo afferrò; ma nell'atto di strapparlo alla canna a cui era attaccato fece urtare questa contro il balcone di pietra. Istantaneamente partirono due colpi d'archibugio a cui seguì un gran silenzio. Suo fratello Fabio, non vedendo bene nel buio se l'oggetto che urtava contro il balcone non fosse per caso una fune per mezzo della quale Giulio si calasse dalla camera della sorella, aveva sparato sulla ringhiera. Il giorno dopo Elena trovò il segno della palla che si era schiacciata contro il ferro. Il signor di Campireali aveva sparato in strada, sotto il balcone di pietra, perché Giulio aveva fatto un po' di rumore nel trattenere la canna che stava per cadere. Giulio, da parte sua, sentendo rumore sul suo capo, aveva indovinato quel che stava per accadere e s'era messo al riparo sotto la sporgenza del balcone.

Fabio ricaricò in fretta l'archibugio e corse, qualsiasi cosa il padre potesse dirgli, nel giardino della casa, aprì piano una porticina che dava su una via laterale e camminando con cautela si mise a spiare chi si trovasse sotto il balcone del palazzo. Giulio, che quella sera era ben accompagnato, stava in quel momento a venti passi da lui, appoggiato a un albero. Elena, china alla ringhiera e inquieta per il suo amante, a voce molto alta rivolse la parola al fratello di cui aveva avvertito la presenza in strada: gli chiese se aveva ucciso qualche ladro.

Non crediate che la vostra perfida astuzia mi abbia ingannato! le gridò Fabio, e misurava coi passi la strada in tutti i sensi. Ora è il momento di piangere, perché ammazzerò quell'insolente che ce l'ha con la vostra finestra.

Non aveva ancora finito di pronunciare queste parole che Elena sentì sua madre picchiare alla porta della camera. S'affrettò ad aprire, dicendo di non riuscire a capire come mai la porta fosse chiusa.

Non fingere con me, amor mio, le disse la madre; tuo padre è furibondo e forse t'ucciderà; vieni con me nel mio letto, e se hai una lettera, dammela, la nasconderò.

Ecco il mazzo di fiori, rispose Elena, la lettera è nascosta tra i fiori.

La madre e la figlia erano appena a letto che il signor di Campireali rientrò nella camera della moglie: ritornava dalla cappella di casa dove s'era messo a cercare e vi aveva messo tutto sottosopra. Elena fu impressionata soprattutto dalla lentezza che suo padre, pallido come uno spettro, metteva in ogni gesto, come chi sa perfettamente quel che deve fare. "Sono morta!", si disse Elena.

Noi ci rallegriamo d'avere dei figli, disse suo padre passando accanto al letto della moglie per andare in camera della figlia e dovremmo invece piangere lacrime di sangue quando questi figli sono femmine. Gran Dio! è mai possibile? La loro leggerezza può disonorare uno che in sessant'anni non ha dato adito alla minima diceria.

Nel dire queste parole entrò nella camera della figlia.

Sono perduta, disse Elena alla madre, le lettere sono sotto il piedistallo del crocifisso, vicino alla finestra.

La madre balzò dal letto e corse dietro a suo marito: si mise a esporgli le peggiori ragioni che potesse trovare per farlo andare in bestia, e ci riuscì. Il vecchio diventò furioso, si mise a fracassare quanto trovava nella stanza della figlia, e intanto la madre poté portar via le lettere senza che l'uomo se ne accorgesse. Dopo un'ora, quando il signor di Campireali si fu ritirato nella sua camera, attigua a quella della moglie, e nella casa ritornò la calma, la madre disse ad Elena:

Ecco le lettere: non voglio leggerle: pensa a che rischio ci han messo! Fossi te, le brucerei! Abbracciami, e vattene.

Elena si ritirò nella sua camera e scoppiò in lacrime: dopo quelle parole di sua madre le pareva di non amar più Giulio. Si accinse a bruciar le lettere; ma prima di distruggerle non poté fare a meno di leggerle ancora una volta. E tanto le lesse e le rilesse che il sole era già alto all'orizzonte quando si decise finalmente a seguire il prudente consiglio che le era stato dato. Il giorno dopo era domenica, ed Elena s'incamminò con la madre verso la parrocchia. La prima persona che vide in chiesa fu Giulio Branciforte. Con un'occhiata poté accertarsi che non era ferito. Si sentì felice: quanto era accaduto nella notte era a mille leghe dalla sua memoria. Aveva preparato cinque o sei bigliettini scritti su pezzetti di carta ingiallita e li aveva imbrattati di mota perché sembrassero di quelle cartacce che qualche volta si trovano sul pavimento delle chiese. Codesti bigliettini contenevano tutti lo stesso avvertimento.

"Avevano scoperto tutto, salvo il suo nome. Non si faccia più vedere per strada. Ci si vedrà qui, spesso".

Elena lasciò cadere uno di quei pezzetti di carta, e con un'occhiata avvertì Giulio che lo raccattò e scomparve. Nel ritornare a casa un'ora dopo, trovò sulla grande scala del palazzo un frammento di carta che le diede nell'occhio perché era in tutto e per tutto simile a quelli di cui s'era servita al mattino. Se ne impadronì, senza che nemmeno la madre s'accorgesse di nulla, e lesse:

"Fra tre giorni lui ritornerà da Roma dove è costretto ad andare. In pieno giorno, verso le dieci, quando ci sarà mercato, si sentirà un canto in mezzo al frastuono dei contadini".

La partenza per Roma parve strana a Elena. "Teme forse i colpi d'archibugio di mio fratello?", si chiedeva tristemente. L'amore perdona tutto, salvo l'assenza volontaria: questa è il peggiore dei supplizi. Invece di cullarsi in una dolce fantasticheria e di star lì a pesare una per una le ragioni che si hanno d'essere innamorata, dubbi crudeli tormentano il cuore. "Ma, dopo tutto, posso credere che non m'ami più?", si diceva Elena durante le tre lunghe giornate dell'assenza del Branciforte. Tutto ad un tratto una folle gioia dissipò le sue pene: al terzo giorno lo vide in pieno mezzogiorno che passeggiava davanti al palazzo di suo padre. Aveva un vestito nuovo, quasi lussuoso. Mai la nobiltà della sua andatura, la coraggiosa e allegra ingenuità della sua fisionomia si erano manifestate così a pieno; e mai, prima di quel giorno, si era parlato così spesso in Albano della povertà di Giulio. Questa parola crudele era ripetuta dagli uomini e soprattutto dai giovanotti; ma le donne e soprattutto le ragazze non finivano di magnificare il suo aspetto.

Giulio in tutta la giornata non fece altro che andare in su e in giù per la città: gli pareva di ripagarsi i mesi di reclusione a cui l'aveva costretto la sua povertà. Come conviene ad un innamorato, era armato di tutto punto sotto la sua tunica nuova. Oltre la daga e il pugnale, aveva indossato un "giaco" (specie di lungo panciotto di maglia di ferro, molto fastidioso a portare, ma molto buono per guarire i cuori italiani da una triste malattia di cui in quel secolo si provavano quasi di continuo gli accessi crudeli, vale a dire dalla paura di essere ucciso al lato della strada da qualcuno dei propri nemici). Giulio sperava in quel giorno d'intravedere Elena, e d'altronde gli ripugnava di trovarsi solo con se stesso nella sua solitaria camera; ed ecco perché: Ranuccio, un vecchio soldato di suo padre, dopo aver fatto con lui dieci campagne nelle compagnie di ventura di diversi "condottieri", e da ultimo in quelle di Marco Sciarra, aveva seguito il proprio capitano quando questi per le sue ferite era stato costretto a ritirarsi. Il capitano Branciforte aveva le sue ragioni di non voler vivere a Roma: si sarebbe messo a rischio d'incontrare i figli di persone uccise da lui: anche in Albano stava attento a non darsi del tutto in balia della legittima autorità. Invece di comperare o affittare una casa in città, preferì costruirne una in un luogo da dove potesse scorgere di lontano chi venisse a fargli visita. Trovò un posto magnifico nelle rovine di Alba: da lì, senza esser visto dai visitatori indiscreti, poteva rifugiarsi nella foresta dove spadroneggiava il suo antico patrono e amico il principe Fabrizio Colonna. Il capitano Branciforte s'infischiava del tutto dell'avvenire di suo figlio. Quando lasciò il servizio, non più che cinquantenne, ma carico di ferite, calcolò che gli restavano più o meno una decina d'anni di vita, e una volta che ebbe costruito la sua casa, spese ogni anno la decima parte di quanto aveva accumulato nei gloriosi saccheggi di città e villaggi a cui aveva partecipato.

Egli comperò quella vigna che rendeva trenta scudi l'anno a suo figlio per rispondere allo scherzo sgarbato di un borghese di Albano, il quale gli aveva detto, un giorno che discutevano animatamente sugli interessi e l'onere della città, che toccava a un ricco proprietario come lui dar consigli agli "anziani" di Albano. Il capitano comperò la vigna e annunciò che ne avrebbe comperate molte altre; poi, un giorno che incontrò in un luogo solitario il sarcastico borghese, lo freddò con una pistolettata.

Dopo otto anni di questa vita il capitano morì. Il suo aiutante di campo Ranuccio adorava Giulio; tuttavia, stanco di stare in ozio, riprese servizio nella compagnia del principe Colonna. Veniva spesso a vedere quello che egli chiamava "il suo figliolo Giulio", e una volta, alla vigilia d'un pericoloso assalto che il principe doveva sostenere nella sua rocca della Petrella, lo aveva condotto con sé a combattere. Vedendolo molto coraggioso, gli aveva detto:

 Bisogna che tu sia pazzo e per di più molto sciocco per vivere così nei dintorni di Albano come l'ultimo e il più povero abitante di quel paese, mentre con la bravura che vedo in te e col nome di tuo padre potresti essere un magnifico soldato di ventura e fare fortuna.

A Giulio quelle parole misero il diavolo in corpo. Egli sapeva il latino, che gli era stato insegnato da un prete; ma poiché suo padre s'era sempre burlato di tutto ciò che il prete diceva oltre il latino, non aveva ricevuto la minima istruzione. In compenso, disprezzato com'era per la sua povertà e isolato nella sua casa remota, gli si era sviluppato un buon senso che per la sua audacia avrebbe riempito di stupore i dotti. Per esempio, prima di innamorarsi di Elena, e senza sapere il perché, adorava la guerra, ma gli ripugnava il saccheggio che agli occhi del capitano suo padre e di Ranuccio, era come la commediola da ridere che viene dopo la tragedia. Da quando amava Elena, il buon senso che le riflessioni solitarie avevano sviluppato in lui faceva il supplizio di Giulio. Quell'anima, così indifferente, non osava consultare nessuno intorno ai propri dubbi, ed era tutta passione e dolore. Che cosa direbbe il signor di Campireali se sapesse ch'era un soldato di ventura? Certo i suoi rimproveri avrebbero un giusto fondamento. Giulio aveva sempre contato sul mestiere di soldato, come su un mezzo sicuro per il tempo in cui avesse speso il danaro che poteva ricavare dalle collane d'oro e dagli altri gioielli ritrovati nella cassetta di ferro di suo padre. Se egli non aveva scrupolo a rapire, lui così povero, la figliola del ricco signor di Campireali, era che in questo tempo i genitori lasciavano i propri beni a chi gli piacesse, e il signor di Campireali era padrone di assegnare alla propria figliola un'eredità di mille scudi soltanto. Su un altro problema si affaticava l'immaginazione di Giulio: primo, in quale città andare a vivere con Elena dopo averla sposata e rapita a suo padre? secondo, con quale danaro le avrebbe procurato da vivere?

Quando il signor di Campireali gli ebbe fatto il rimprovero sanguinoso che lo aveva fatto soffrire tanto, Giulio passò due giorni in preda alla rabbia e al dolore più vivo: non poteva risolversi né ad uccidere il vecchio insolente, né a lasciarlo vivere. La notte non faceva altro che piangere. Finalmente decise di consultare Ranuccio, il solo amico ch'egli avesse in questo mondo; ma l'amico l'avrebbe compreso? Cercò invano Ranuccio in tutta la foresta della Faiola: fu costretto a spingersi sulla strada di Napoli, oltre Velletri, dove Ranuccio capeggiava un'imboscata: aspettavano là, lui e la sua numerosa banda, il generale spagnolo Ruiz d'Avalos, che si recava a Roma per via di terra, immemore che di recente egli aveva parlato con disprezzo, davanti a molte persone, dei soldati di ventura della compagnia Colonna.

Poiché il suo cappellano gli ricordò molto a proposito di questo fatto di poca importanza, Ruiz d'Avalos decise di far armare un bastimento e di venire a Roma per mare.

Non appena il capitano Ranuccio ebbe sentito il racconto di Giulio:

Descrivimi con precisione, gli disse, l'aspetto di codesto signor di Campireali, perché la sua imprudenza non costi la vita a qualche bravo abitante di Albano. Appena avremo sbrigato con un sì o con un no la faccenda che ci trattiene qui, tu te ne andrai a Roma e ti farai vedere a qualunque ora del giorno negli alberghi e in altri pubblici locali: bisogna che nessuno sospetti di te per via dell'amore che porti alla sua figliola.

Giulio durò fatica a sedare la collera dell'antico compagno di suo padre e finì con l'offendersi.

Credi tu, gli disse finalmente, che io voglia ricorrere alla tua spada? Non ho una spada anch'io? Sono venuto da te per un buon consiglio.

Ranuccio concludeva ogni suo discorso con queste parole:

Tu sei giovane, non sei ferito, e l'insulto è stato pubblico; orbene, un uomo senza onore è disprezzato dalle donne.

Giulio gli rispose che voleva ancora riflettere sui propri sentimenti, e per quanto Ranuccio cercasse di trattenerlo e di convincerlo che prendendo parte all'attacco contro la scorta del capitano spagnolo si sarebbe fatto onore e avrebbe per giunta guadagnato dei bravi doppioni d'oro, se ne ritornò solo alla sua casetta. Fu là che ricevette Ranuccio e il suo caporale, di ritorno dal Velletrano, proprio il giorno prima che il signor di Campireali gli tirasse un colpo d'archibugio. Ranuccio volle vedere per forza la cassetta di ferro in cui il suo padrone, il capitano Branciforte, chiudeva un tempo le catene d'oro e gli altri gioielli che non riteneva opportuno di spendere subito dopo una spedizione. Ci trovò in tutto due scudi.

Ti consiglio di andare a farti frate, disse a Giulio, hai tutte le virtù che ci vogliono, cominciando dalla povertà, e qui ce n'è la prova: che hai l'umiltà si prova dal fatto che ti sei lasciato insultare sulla pubblica strada da un riccone di Albano: ti mancano soltanto l'ipocrisia e l'ingordigia.

Ranuccio mise per forza cinquanta doppioni d'oro nella cassetta di ferro.

Ti do la mia parola, disse a Giulio, che se di qui a un mese il signor di Campireali non è sotterrato con tutti gli onori dovuti alla sua nobiltà e alla sua ricchezza, il mio caporale qui presente verrà qui con trenta uomini a demolire la tua casetta e a dar fuoco alla tua povera mobilia. Il figlio del capitano Branciforte non deve fare una brutta figura così con la scusa che è innamorato.

Quando il signor di Campireali e suo figlio tirarono i due colpi di archibugio, Ranuccio e il caporale s'erano appostati sotto il balcone di pietra, e ci volle del bello e del buono perché Giulio impedisse loro di uccidere Fabio, o almeno di rapirlo, quando questi, come abbiamo già detto, fece quell'imprudente sortita dalla parte del giardino. Ranuccio si lasciò persuadere da questo ragionamento: non bisogna uccidere un giovanotto che domani può diventare qualcuno ed essere utile, mentre c'è il vecchio peccatore che è più colpevole di lui e che non ha da fare altro che andare sotto terra.

Il giorno dopo Ranuccio sparì nella foresta e Giulio partì per Roma. La gioia che provò nel comperare dei bei vestiti nuovi coi doppioni datigli da Ranuccio era crudelmente turbata da questa idea davvero straordinaria in quel secolo e che annunziava l'alto destino che gli era riservato. Si diceva: "Bisogna che l'Elena sappia chi sono". Ogni altro uomo dell'età sua e di quel secolo avrebbe pensato soltanto a godere del suo amore e a rapire Elena senza curarsi né di ciò che ella sarebbe divenuta dopo sei mesi né dell'opinione che la giovane si sarebbe fatta di lui.

Ritornato ad Albano, proprio nel pomeriggio che si pavoneggiava davanti a tutti nel bel vestito portato da Roma, seppe dal vecchio Scotti, suo amico, che Fabio era uscito a cavallo dalla città per recarsi in una terra che suo padre aveva comprato a tre leghe di là, in riva al mare. Vide poi il signor di Campireali che in compagnia di due preti si avviava verso quel magnifico viale di lecci che incorona l'orlo del cratere nel cui fondo è il lago di Albano. Non erano passati dieci minuti che una vecchia s'introduceva arditamente nel palazzo Campireali col pretesto di vendere della bella frutta: la prima persona nella quale si imbatté fu la piccola camerista Marietta, confidente intima di Elena, che arrossì fino al bianco degli occhi nel ricevere un bel mazzo di fiori. C'era nascosta una lettera che non finiva più; Giulio raccontava tutto quello che aveva provato a partire dalla notte dei colpi d'archibugio; ma per uno strano senso di vergogna non osava confessare ciò di cui sarebbe stato orgoglioso ogni altro giovane di quel tempo, cioè ch'egli era figlio di un capitano famoso per le sue avventure e che anche lui si era distinto per il suo coraggio in più di un combattimento. Il fatto è che pensava sempre alle riflessioni che quei fatti avrebbero ispirato al vecchio Campireali. Bisogna sapere che nel secolo quindicesimo le giovinette, più vicine al buon senso repubblicano, stimavano molto di più un uomo per ciò che aveva fatto lui stesso che non per le ricchezze accumulate dai suoi padri o per le famigerate imprese di costoro. Ma questi erano soprattutto i sentimenti delle giovani popolane. Le ragazze appartenenti a famiglie ricche o nobili avevano paura dei briganti e avevano in molta stima, com'è naturale, la nobiltà e la ricchezza. La lettera di Giulio terminava con queste parole: "Io non so se i vestiti decenti che ho portato da Roma vi hanno fatto dimenticare l'ingiuria crudele che una persona da voi rispettata mi ha fatto recentemente per via del mio miserevole aspetto; avrei potuto vendicarmi, anzi avrei dovuto, ché l'onore mio lo esigeva: non l'ho fatto pensando alle lacrime che la mia vendetta avrebbe fatto spargere agli occhi che adoro. Questo vi provi, se mai per mia sventura ancora ne dubitiate, che si può esser poverissimo e avere nobili sentimenti. Devo del resto rivelarvi un segreto tremendo: non proverei la minima pena nel dirlo a qualunque altra donna; ma tremo, non so perché, al pensiero di dirlo a voi. L'amore che voi sentite per me potrebbe essere distrutto in un solo istante: nessuna protesta da parte vostra potrebbe soddisfarmi. Voglio vedere nei vostri occhi quale effetto avrà questa confessione. Uno di questi giorni, al cadere della notte, vi vedrò nel giardino che è dietro il vostro palazzo. In quel giorno Fabio e vostro padre saranno assenti: quando avrò acquistato la certezza che con tutto il loro disprezzo per un povero giovane mal vestito essi non potranno toglierci tre quarti d'ora o un'ora di conversazione, si vedrà sotto il vostro palazzo un uomo che mostrerà ai ragazzi del paese una volpe addomesticata. Più tardi, quando suonerà l'"Ave Maria", sentirete in lontananza un colpo d'archibugio: avvicinatevi allora al muro del giardino e, se non siete sola, mettetevi a cantare. Se non si sentirà nulla, il vostro schiavo vi si getterà ai piedi tutto tremante e vi dirà cose che forse vi faranno fremere d'orrore. In attesa di quel giorno decisivo e tremendo per me, non mi arrischierò più ad offrirvi dei mazzi di fiori a mezzanotte, ma verso le due di notte passerò cantando, e chi sa che voi, nascosta nel gran balcone di pietra, non lasciate cadere un fiore colto da voi stessa nel vostro giardino. Sarà forse l'ultimo segno d'affetto che voi darete allo sventurato Giulio".

Tre giorni dopo il padre e il fratello di Elena si recarono a cavallo in quel loro possedimento sulla riva del mare: dovevano ripartire prima del tramonto per essere di ritorno a casa verso le due di notte. Ma al momento di mettersi in cammino non soltanto i loro cavalli, ma tutti quelli della fattoria erano scomparsi. Molto meravigliati per un furto così audace, si misero in cerca dei cavalli; ma questi non furono ritrovati che il giorno dopo nella foresta d'alto fusto che si trova lungo il mare. I due Campireali, padre e figlio, furono costretti a ritornare ad Albano con una vettura campestre trainata da buoi. Quella sera, quando Giulio si gettò alle ginocchia di Elena, non ci si vedeva quasi più, e la povera fanciulla fu felice di quel buio: per la prima volta si trovava alla presenza dell'uomo che ella amava teneramente, che lo sapeva benissimo, ma a cui non aveva mai rivolto la parola.

S'accorse che Giulio era più pallido e tremante di lei, e questo le rese un po' di coraggio. Lo vedeva ai suoi ginocchi. Davvero, egli disse, non ho la forza di parlare . Fu certo un momento di beatitudine: si guardarono l'un l'altra, ma senza poter articolare una parola, immobili come un patetico gruppo di marmo. Giulio, inginocchiato, teneva nelle sue una mano di Elena, e questa, a capo chino, lo fissava attentamente.

Giulio sapeva bene quello che gli avevano detto certi suoi amici di Roma, giovanotti libertini; che in momenti simili si deve tentare qualche cosa; ma ebbe orrore di quell'idea. Un'altra idea venne invece a destarlo da quello stato d'estasi, che era forse la felicità più viva che l'amore possa dare, e l'idea era questa: il tempo vola via rapidamente; i Campireali si avvicinano al palazzo. Si rese conto che con un'anima scrupolosa come la sua non avrebbe raggiunto una felicità duratura finché non avesse fatto alla sua amante quella tremenda confessione che i suoi amici di Roma avrebbero giudicato una solenne sciocchezza.

 Vi ho parlato d'una confessione che forse non dovrei farvi, disse ad Elena.

Diventò pallidissimo e riprese a fatica, come se gli mancasse il respiro.

 Forse vedrò scomparire codesti sentimenti nella cui speranza è tutta la mia vita. Voi mi credete povero; ma questo non è tutto: SONO BRIGANTE E FIGLIO DI BRIGANTE.

Elena, figlia d'un uomo ricco e che aveva tutte le paure della sua casta, a queste parole si sentì mancare: le parve di cadere. "Quale angoscia, pensava, ne avrebbe il povero Giulio! Si crederebbe disprezzato". Egli le stava inginocchiato dinanzi. Si appoggiò a lui per non cadere e poco dopo si abbandonò senza conoscenza tra le sue braccia.

Come si vede, nel secolo sedicesimo le storie d'amore si raccontano con precisione. Il fatto è che l'ingegno non si esercitava su codeste storie per giudicarle, ma l'immaginazione le sentiva, e la passione del lettore s'identificava con quella dei personaggi. I due manoscritti che noi seguiamo, e segnatamente quello che presenta alcuni giri di frase propri del parlar fiorentino, narrano fin nei minimi particolari la storia di tutti gli appuntamenti che tennero dietro a questo primo. Il pericolo annullava i rimorsi della fanciulla. Spesso i rischi furono estremi; ma quei due cuori, in cui era gioia ogni sensazione che venisse dal loro affetto, ne traevano un ardore anche più grande. Parecchie volte furono sul punto di essere sorpresi da Fabio e dal padre. Questi erano furibondi, credendosi sfidati: sapevano dalla voce pubblica che Giulio era l'amante di Elena e tuttavia non potevano scoprire nulla. Fabio, giovane impetuoso e orgoglioso della propria nascita, propose al padre di far ammazzare Giulio. Fino a quando che rimarrà in questo mondo, gli diceva, la vita di mia sorella corre il più gran pericolo. Chi ci dice che uno di questi giorni il nostro amore non ci costringerà a bagnare le mani nel sangue di questa caparbia? E' arrivata a tal punto di audacia che non nega più il suo amore: voi stesso l'avete vista rispondere ai vostri rimproveri con un cupo silenzio: ebbene, quel silenzio è la condanna a morte di Giulio Branciforte.

Voi sapete chi è stato suo padre, rispondeva il signor di Campireali, certo, non ci sarebbe difficile andare a passare sei mesi a Roma, e intanto questo Branciforte scomparirebbe. Ma chi ci dice che suo padre, il quale fu coraggioso e generoso nonostante tutti i suoi delitti, generoso a tal segno da arricchire parecchi dei suoi soldati e rimanere povero, chi ci dice che suo padre non abbia ancora amici sia nella compagnia di Monte Mariano sia nella compagnia Colonna che occupa spesso i boschi della Faiola a mezza lega da casa nostra? In tal caso siamo tutti ammazzati, voi, io e forse anche la vostra sventurata madre.

Questi discorsi del padre e del figlio rimanevano nascosti solo in parte a Vittoria Carafa, madre di Elena, e le davano una grande inquietudine. Il risultato delle discussioni tra Fabio e il padre fu la persuasione in tutti e due che era un disonore per loro il tollerare pacificamente la continuazione delle voci che correvano per Albano. Poiché non era prudente fare scomparire quel giovane Branciforte che si mostrava ogni giorno più insolente e che ora, magnificamente vestito, si arrogava il diritto di rivolgere la parola in pubblico sia a Fabio sia allo stesso signor di Campireali, bisognava risolversi a scegliere uno di questi due partiti o forse adottarli tutti e due: ritornare tutti a vivere a Roma e rimandare Elena nel convento della Visitazione a Castro, dove sarebbe rimasta finché si fosse trovato da accasarla convenientemente.

Elena non aveva mai confessato il suo amore alla madre: madre e figlia si amavano teneramente, passavano insieme le loro giornate, eppure non s'erano dette una sola parola su quell'argomento che stava a cuore a tutti e due quasi con la stessa intensità. La comune inquietudine si rivelò per la prima volta nei loro discorsi quando la madre informò la figliola che si parlava di andar tutti a stabilirsi a Roma e forse di rimandare lei per qualche anno al convento di Castro.

Da parte di Vittoria Carafa quella conversazione era un'imprudenza che si può scusare soltanto con la grande tenerezza che sentiva per la figliola. Elena, pazza d'amore, volle provare all'amante che non si vergognava punto della sua povertà e che aveva una fiducia illimitata nel suo onore. "Chi lo crederebbe?

esclama lo scrittore fiorentino. Dopo tanti convegni, nel giardino paterno e, una volta o due, persino in camera, a rischio d'incorrere in una morte orrenda, Elena era pura!"

Forte della propria virtù, propose all'amante di uscire verso mezzanotte dal palazzo, passando dal giardino, e di trascorrere il resto della notte nella casupola costruita sulle rovine di Alba, vale a dire alla distanza di un quarto di lega e più. Si mascherarono da frati francescani. Elena aveva una statura slanciata e vestita a quel modo sembrava un novizio di diciotto o vent'anni. Ciò che non si crederebbe, e che attesta la presenza del dito di Dio, è che nello stretto sentiero scavato nella roccia (quella ancora che si vede lungo il muro del convento dei Cappuccini) Giulio e la sua amante incontrarono il signor di Campireali e suo figlio Fabio mentre ritornavano da Castelgandolfo, borgo situato sulle rive del lago, a poca distanza da Albano, con la scorta di quattro domestici bene armati e preceduti dal paggio che portava una torcia accesa.

Per lasciar passare i due amanti, i Campireali e i loro domestici si collocarono a destra e a sinistra di quel sentiero scavato nella roccia e che non è più largo di quattro piedi. Fortunata Elena, se l'avessero riconosciuta in quel momento! Sarebbe stata uccisa da una pistolettata del padre o del fratello e il suo supplizio non sarebbe durato che un istante; ma il Cielo aveva decretato altrimenti (superis aliter visum).

A proposito di questo memorando incontro va notata un'altra circostanza che la signora di Campireali, giunta all'estrema vecchiaia e quasi centenaria, raccontava ancora, talvolta, dinanzi a gravi personaggi, i quali, molto vecchi anche loro, me l'hanno riferita quando la mia insaziabile curiosità li interrogò su quell'argomento e su molti altri.

Fabio di Campireali, che era un giovane orgoglioso del proprio coraggio e pieno di albagia, osservando che il più vecchio dei due frati non salutava né suo padre né lui, nel passare accanto esclamò:

Guardate che frataccio superbo! Dio sa che cosa vanno a fare fuori dal convento, lui e il suo compagno, a quest'ora indebita! Non so chi mi trattiene dal tirar giù questi loro cappucci: così vedremmo che facce hanno.

A queste parole Giulio afferrò la daga che portava sotto la tonaca fratesca e s'interpose tra Fabio ed Elena. Tra lui e Fabio non c'era che un passo in quel momento; ma il Cielo dispose altrimenti e con un miracolo acquietò il furore di quei due giovani, che dovevano ben presto trovarsi di fronte.

Nel processo che fu intentato più tardi contro Elena di Campireali si pretese che quella passeggiata notturna era una prova di corruzione. Era bensì il desiderio di un giovane cuore infiammato da una folle passione, ma quel cuore era puro.

Capitolo 3

Occorre sapere che gli Orsini, eterni rivali dei Colonna e onnipotenti allora nei villaggi più vicini a Roma, avevan fatto condannare a morte poco prima, dai tribunali del governo, un ricco coltivatore chiamato Baldassarre Bandini, nativo della Petrella. Sarebbe troppo lungo riferire le differenti azioni che venivano attribuite al Bandini: la maggior parte di esse oggi verrebbero qualificate delitti, ma nel 1559 non potevano essere giudicate così severamente. Il Bandini era prigioniero in un castello di proprietà degli Orsini, situato in montagna, dalle parti di Valmontone, a sei leghe da Albano. Il bargello di Roma, con una scorta di centocinquanta sbirri, passò una notte sulla strada maestra per catturare il Bandini e condurlo a Roma nelle carceri di Tordinona. Il Bandini, dopo la sentenza capitale, era ricorso in appello a Roma. Ma poiché, come già abbiamo detto, era nativo della Petrella e questa fortezza appartiene ai Colonna, sua moglie disse in pubblico a Fabrizio Colonna che si trovava alla Petrella:

Lascerete giustiziare uno dei vostri fedeli servitori?

Il Colonna rispose:

A Dio non piaccia che io manchi mai di rispetto alle sentenze emesse dai tribunali del Papa mio signore.

Immediatamente furono dati ordini ai suoi soldati e i suoi partigiani ricevettero avviso di tenersi pronti. L'appuntamento era nei dintorni di Valmontone, cittaduzza costruita sul cocuzzolo di una roccia non molto alta, ma a cui serve di baluardo un precipizio molto esteso, a picco, alto tra i sessanta e gli ottanta piedi. I partigiani degli Orsini e gli sbirri del governo erano riusciti a trasportare il Bandini in questa città dipendente dal Papa. Tra i più zelanti partigiani dell'autorità c'erano il signor di Campireali e suo figlio Fabio, i quali del resto erano imparentati con gli Orsini. Giulio Branciforte e suo padre, invece, erano da lungo tempo fedeli ai Colonna, come già s'è detto.

Date le circostanze, ai Colonna non conveniva agire apertamente e avevano perciò adottato una precauzione molto semplice. La maggior parte dei contadini romani, allora come oggi, facevano parte di qualche confraternita di penitenti, i quali non si mostravano mai in pubblico se non col capo coperto da un cappuccio di tela che non lascia vedere la faccia e ha due buchi davanti agli occhi. Quando i Colonna non volevano capeggiare apertamente un'impresa, invitavano i loro partigiani a raggiungerli in cappa di penitenti.

Dopo lunghi preparativi, fu fissato per una domenica il trasferimento del Bandini, di cui si parlava in paese da quindici giorni. Fin dalle due del mattino il governatore di Valmontone aveva fatto suonare le campane a stormo in tutti i villaggi della foresta della Faiola. (I costumi repubblicani del Medioevo, quando la gente si batteva per ottenere quel che le stava a cuore, avevano temprato l'animo di quei contadini che erano ancora molto valorosi: al giorno d'oggi nessuno muoverebbe un dito).

Quella domenica si poteva osservare qualcosa di molto strano: via via che il gruppetto di contadini uscito con le armi da ogni villaggio entrava nella foresta, ecco che diminuiva della metà: i partigiani dei Colonna si dirigevano verso il luogo dell'appuntamento fissato da Fabrizio. I loro capi sembravano convinti che non ci sarebbe stata battaglia: al mattino essi avevano ricevuto l'ordine di diffondere quella voce. Fabrizio percorreva la foresta coi suoi migliori partigiani, ai quali aveva dato dei giovani cavalli mezzo selvaggi del suo allevamento. Egli passava in rassegna, per così dire, le diverse bande di contadini, ma per non compromettersi non diceva loro una parola.

Fabrizio era un uomo alto e magro, incredibilmente agile e forte: benché avesse soltanto quarantacinque anni, aveva bianchissimi i baffi e la barba, e questo lo infastidiva molto, perché era un contrassegno che non gli permetteva di passare in incognito dove sarebbe stato opportuno. Man mano che i contadini lo vedevano, si mettevano a gridare: "Viva Colonna!", e infilavano i cappucci di tela. Il principe stesso portava appeso al petto il cappuccio in modo da metterselo in capo appena il nemico si fosse mostrato.

Il sole spuntava appena sull'orizzonte quando un migliaio di uomini più o meno, appartenenti alla fazione degli Orsini e provenienti da Valmontone, entrarono nella foresta e passarono a circa trecento passi dai partigiani di Fabrizio Colonna, ai quali egli aveva ordinato di coricarsi a terra bocconi. Pochi minuti dopo che l'avanguardia degli Orsini fu sfilata, il principe diede ai suoi uomini l'ordine di marciare: aveva deciso di attaccare la scorta del Bandini un quarto d'ora dopo che fosse entrata nel bosco. In quel punto la foresta è tutta sparsa di piccole rocce alte quindici o venti piedi: sono delle colate di lava più o meno antiche su cui i castagni vengono su magnificamente e intercettano quasi del tutto la luce. Poiché quelle colate, più o meno consumate dal tempo, rendono il terreno molto ineguale, la strada maestra è stata scavata in alcuni punti nella lava stessa, per evitare una quantità di inutili discese e salite, e molto spesso il piano stradale è a tre o quattro piedi al di sotto di quello della foresta.

Vicino al luogo che Fabrizio aveva designato per l'attacco c'era una radura erbosa; attraversata in uno dei suoi lati dalla strada maestra, rientrava poi nella foresta che in quel punto era piena di rovi e di cespugli fra i tronchi degli alberi e perciò del tutto impraticabile. Fabrizio aveva fatto schierare i suoi fanti a cento passi dalla foresta, dalle due parti della strada. A un segno dato dal principe ogni contadino infilò il cappuccio e si appostò con l'archibugio dietro un castagno: i soldati del principe si misero dietro agli alberi più vicini alla strada. I contadini avevano l'ordine di tirare solo dopo i soldati e questi non dovevano far fuoco che quando il nemico fosse a venti passi. Fabrizio fece abbattere in fretta una ventina di alberi, che precipitando con i loro rami sulla strada, abbastanza stretta in quel punto e sprofondata tre piedi al di sotto, la ostruirono in pieno. Il capitano Ranuccio seguì l'avanguardia con cinquecento uomini; aveva l'ordine di attaccarla solo quando avesse sentito i primi colpi d'archibugio tirati dagli alberi che erano stati abbattuti per ostruire la strada.

Quando Fabrizio Colonna vide i suoi soldati e i suoi partigiani appostati ciascuno dietro un albero, ben risoluto ad agire, partì al galoppo coi suoi uomini a cavallo tra i quali si notava Giulio Branciforte. Il principe prese a destra della strada maestra un sentiero che lo conduceva al punto della radura più lontano dalla strada.

S'era allontanato soltanto di qualche minuto quando si vide venire da lontano, per la strada di Valmontone, una numerosa schiera di uomini a cavallo; erano gli sbirri e il bargello, che scortavano il prigioniero, e tutti i cavalieri degli Orsini. Baldassarre Bandini era in mezzo a loro, circondato da quattro carnefici vestiti di rosso: essi avevano l'ordine di eseguire la sentenza dei primi giudici e di giustiziare subito il Bandini se per avventura avessero visto i partigiani dei Colonna pronti a liberarlo.

La cavalleria di Fabrizio arrivava appena al lembo della radura o prateria più lontano dalla strada maestra, quando si sentirono i primi colpi d'archibugio dell'imboscata ch'egli aveva preparato dietro la barriera d'alberi abbattuti.

Mise subito al galoppo la sua cavalleria e si gettò con quella sui quattro carnefici vestiti di rosso che circondavano il Bandini.

Noi non seguiremo tutta la narrazione di quest'avventura che non durò più di tre quarti d'ora. I partigiani degli Orsini, sorpresi, si sbandarono; ma all'avanguardia fu ucciso il valoroso capitano Ranuccio, e l'avvenimento ebbe una funesta influenza sul destino del Branciforte. Questi aveva appena dato qualche sciabolata, avvicinandosi pian piano agli uomini vestiti di rosso, quando si trovò di fronte a Fabio di Campireali.

Alto su un focoso cavallo e coperto d'un giaco dorato Fabio gridava:

 Chi sono quei miserabili mascherati? Togliamo loro la maschera con una sciabolata. Vedete come faccio io!

Quasi nello stesso istante Giulio Branciforte ebbe da lui una sciabolata orizzontale sulla fronte. Il colpo gli era stato vibrato con tanta destrezza che la tela da cui il viso era coperto cadde giù nello stesso tempo ch'egli sentiva gli occhi accecati dal sangue grondante dalla ferita, comunque non grave. Giulio trasse indietro il proprio cavallo per avere il tempo di respirare e di asciugarsi il viso. A nessun conto egli voleva battersi col fratello di Elena. Il suo cavallo era già a quattro passi da Fabio, quando ricevette in pieno petto una furiosa sciabolata che non lo ferì grazie al giaco, ma gli tolse per un momento il respiro. Quasi nello stesso tempo si sentì gridare all'orecchio:

 Ti conosco, porco! Canaglia, ti conosco. Così tu guadagni il danaro per sostituire i tuoi cenci.

Giulio, punto dall'ingiuria, dimenticò il suo primo proposito e affrontò di nuovo Fabio:

 Ed in mal punto tu venisti! gridò.

Le rabbiose sciabolate che si scambiarono facevano cadere a brandelli le sopravvesti che ricoprivano le loro cotte di maglia. Quella di Fabio era dorata e magnifica, quella di Giulio semplicissima.

 In quale fogna hai raccattato il tuo "giaco"? gli gridò Fabio.

In quel momento Giulio trovò l'occasione che da un mezzo minuto cercava: la splendida cotta di maglia di Fabio non era abbastanza stretta al collo, e Giulio lo colpì lì di punta. La spada penetrò circa un mezzo piede nella gola di Fabio e fece zampillare un enorme sbocco di sangue.

Insolente! esclamò Giulio.

Poi galoppò verso gli uomini vestiti di rosso, due dei quali erano ancora a cavallo, a cento passi da lui. Mentre si avvicinava a loro, il terzo cadde. Nel momento in cui Giulio arrivava vicino al quarto carnefice, questi, vedendosi circondato da più di dieci cavalieri, scaricò a bruciapelo una pistola sul viso della sventurato Baldassarre Bandini, che cadde a terra.

Cari signori, qui non c'è più nulla da fare! gridò il Branciforte. Prendiamo a sciabolate la canaglia di sbirri che scappano da tutte le parti.

Tutti lo seguirono.

Circa mezz'ora più tardi, Giulio ritornò presso Fabrizio Colonna che gli rivolse per la prima volta la parola. Mentre credeva di trovarlo esultante per la vittoria che era totale e dovuta soltanto ai provvedimenti da lui stesso presi, Giulio vide che era furibondo; perché gli Orsini avevano circa tremila uomini e Fabrizio per quell'impresa non aveva potuto metterne insieme più di millecinquecento.

Abbiamo perduto il vostro valoroso amico Ranuccio! esclamò il principe rivolgendosi a Giulio. E' già freddo: io stesso gli ho toccato or ora la fronte. Il povero Baldassarre Bandini è ferito a morte. Perciò, in conclusione, possiamo dire che ci è andata male. Ma l'ombra del valoroso capitano Ranuccio si presenterà a Plutone bene scortata. Ho dato ordine che tutta questa canaglia di prigionieri sia impiccata ai rami degli alberi. Badate bene a non disobbedirmi, signori! disse alzando la voce.

E ripartì al galoppo per raggiungere il luogo dove si era svolto il combattimento d'avanguardia. Giulio era più o meno il comandante in seconda della compagnia di Ranuccio, e seguì il principe. Questi, arrivato presso il cadavere di quel valoroso soldato, che era steso a terra tra cinquanta cadaveri nemici, scese da cavallo una seconda volta per prendere la mano di Ranuccio. Giulio l'imitò piangendo.

Tu sei molto giovane, disse il principe a Giulio. Ma vedo che sei coperto di sangue, e tuo padre fu un uomo valoroso. Assumi il comando di quel che resta della compagnia di Ranuccio, e fa trasportare il suo cadavere nella chiesa della Petrella. Bada che forse ti assaliranno per strada.

Giulio non fu assalito, ma un colpo di spada uccise uno dei suoi soldati che gli rinfacciava d'esser troppo giovane per comandare. Fu un'imprudenza, ma gli andò bene perché era ancora coperto del sangue di Fabio. Lungo tutta la strada trovava gli alberi carichi d'impiccati. Quest'orrendo spettacolo, e il pensiero della morte di Ranuccio e soprattutto di Fabio, gli toglievano quasi il senno. L'unica sua speranza era che s'ignorasse il nome del vincitore di Fabio.

Tre giorni dopo il combattimento, Giulio poté ritornare per qualche ora ad Albano. Raccontò ai suoi conoscenti ch'era stato colto a Roma da una febbre violenta e che per tutta la settimana era dovuto restare a letto.

Ma dappertutto veniva trattato con visibile rispetto: le persone più ragguardevoli della città lo salutavano per prime, e qualche imprudente arrivò perfino a chiamarlo "signor capitano". Egli era passato più volte davanti al palazzo Campireali, che era interamente chiuso, e poiché il nuovo capitano era molto timido quando si trattava di fare certe domande, soltanto verso la metà della giornata prese il coraggio a due mani per dire a un certo Scotti, un vecchio che l'aveva trattato sempre con bontà:

Dove sono i Campireali? Vedo che il palazzo è chiuso.

Caro mio, gli rispose lo Scotti con un'improvvisa tristezza nella voce, non pronunciate mai più quel nome. I vostri amici son persuasi che è stato lui ad affrontarvi, e lo diranno dappertutto; ma, insomma, era il principale ostacolo al vostro matrimonio; lascia una sorella immensamente ricca, innamorata di voi. Si può anche aggiungere, e in questo momento l'indiscrezione diventa virtù, che è innamorata al punto da venirvi a far visita di notte nella vostra casetta di Alba. Così si può dire, nel vostro interesse, che voi eravate marito e moglie prima del fatale combattimento dei Ciampi (era il nome che si dava in paese al combattimento che abbiamo descritto).

Il vecchio s'interruppe perché s'accorse che Giulio era scoppiato a piangere.

Saliamo all'albergo disse Giulio.

Scotti lo seguì. Diedero loro una camera in cui si chiusero a chiave, e Giulio domandò al vecchio il permesso di raccontargli quanto gli era accaduto in quegli otto giorni.

Vedo bene dalle vostre lacrime, disse il vecchio quando fu terminato il racconto, che nella vostra condotta non c'è stata nessuna premeditazione. Ma la morte di Fabio resta comunque un avvenimento molto crudele per voi. Bisogna assolutamente che Elena dichiari a sua madre che da molto tempo voi siete il suo sposo.

Giulio non rispose, e il vecchio attribuì il silenzio ad un lodevole senso di discrezione. Assorto in una profonda fantasticheria, Giulio si domandava se Elena, irritata per la morte del fratello, avrebbe reso giustizia alla sua delicatezza; e si pentì di quanto un tempo era accaduto. Il vecchio, interrogato, gli raccontò sinceramente tutto quello che era avvenuto in Albano il giorno del combattimento. Fabio era stato ucciso alle sei e mezzo del mattino a più di sei leghe da Albano, e fin dalle nove cosa incredibile! si era incominciato a parlare della sua morte. Verso mezzogiorno era stato visto il vecchio Campireali, tutto in lacrime e sorretto dai suoi domestici, salire al convento dei Cappuccini. Poco dopo, tre di quei buoni padri, inforcati i migliori cavalli dei Campireali, s'erano diretti con una numerosa schiera di domestici verso il villaggio dei Ciampi dove s'era svolto il combattimento. Il vecchio Campireali voleva assolutamente seguirli: ma ne era stato dissuaso, con la ragione che Fabrizio Colonna era furioso (non si sapeva troppo bene perché) e avrebbe potuto fargli un brutto tiro se lo avesse fatto prigioniero.

La sera, verso mezzanotte, la foresta della Faiola sembrava in fiamme: erano tutti i frati e tutti i poveri che andavano incontro al corpo del giovane Fabio ciascuno con un grosso cero acceso.

Voi sapete, continuò il vecchio abbassando la voce come se temesse d'essere udito, che la strada di Valmontone e dei Ciampi...

Ebbene? lo interruppe Giulio.

Ebbene, quella strada passa davanti a casa vostra, e si dice che quando il cadavere di Fabio è arrivato lì il sangue ha zampillato da un'orrenda ferita che egli aveva al collo.

Che orrore! esclamò Giulio levandosi in piedi.

Calmatevi figlio mio, disse il vecchio: bisogna bene che sappiate tutto. E ora posso dirvi che la vostra presenza qui, oggi, è sembrata un po' prematura. Se mi fate l'onore di consultarmi, capitano, aggiungerei che non è conveniente che prima di un mese vi lasciate vedere in Albano. E non ho bisogno di avvertirvi che neppure a Roma sarebbe prudente mostrarvi. Non si sa ancora in qual modo il Santo Padre si comporterà coi Colonna. Si crede che egli presterà fede alla dichiarazione di Fabrizio, il quale pretende di aver saputo del combattimento dei Ciampi soltanto dalla voce pubblica. Ma il governatore di Roma, che è tutto degli Orsini, è furibondo e sarebbe felice se potesse far impiccare qualcuno dei bravi soldati di Fabrizio, cosa contro cui questi non potrebbe ragionevolmente protestare dal momento che giura di non aver assistito alla battaglia. Dirò di più, e anzi mi permetterò di darvi un consiglio militare, benché voi non me lo chiediate: in Albano vi vogliono bene, altrimenti non ci vivreste così sicuro. Pensate che da parecchie ore andate in giro per la città, che qualcuno della famiglia Orsini può credersi sfidato da codesto modo di fare o almeno vagheggiare una bella ricompensa da ottenere a buon mercato. Il vecchio Campireali ha ripetuto mille volte d'esser pronto a dare la più bella terra a chi vi uccida. Avreste fatto bene a far venir in Albano qualcuno di quei soldati che tenete in casa...

Non ho nessun soldato in casa.

Se è così, capitano, voi siete pazzo. Questo albergo ha un giardino, noi usciremo per di là e sgaiattoleremo attraverso le vigne. Io vi accompagnerò: son vecchio e non ho armi; ma, se incontreremo qualche male intenzionato, io gli parlerò e voi almeno potrete guadagnare tempo.

Giulio si sentiva straziare il cuore. Oseremo dire a qual grado di follia egli era arrivato? Non appena aveva saputo che il palazzo Campireali era chiuso e che tutti gli abitanti erano partiti per Roma, aveva avuto l'idea di andare a rivedere quel giardino dove così spesso era stato a colloquio con Elena. Sperava perfino di rivedere la camera di lei, dove così spesso era stato ricevuto durante l'assenza della madre. Sentiva il bisogno di premunirsi contro la propria collera rivedendo quei luoghi che gli ricordavano il tenero amore della fanciulla.

Al Branciforte e al generoso vecchio non capitò alcun brutto incontro nel seguire i viottoli che attraversano le vigne e salgono verso il lago.

Giulio si fece raccontare di nuovo i particolari delle esequie di Fabio. La salma di quel valoroso giovane, scortata da molti preti, era stata trasportata a Roma e sepolta nella cappella gentilizia, che è nella chiesa di Sant'Onofrio al Gianicolo. Era stato osservato che alla vigilia della cerimonia il padre aveva ricondotto Elena al convento della Visitazione di Castro, e questo aveva confermato la diceria pubblica secondo cui ella aveva sposato segretamente il soldato di ventura che aveva avuto la disgrazia di ucciderle il fratello.

Quando fu arrivato a casa sua, Giulio trovò il caporale della propria compagnia insieme con quattro soldati, i quali gli dissero che il loro antico capitano non sarebbe mai uscito dalla foresta senza avere con sé alcuni dei suoi uomini. Il principe aveva detto che chi volesse farsi uccidere per imprudenza poteva farlo benissimo, ma prima doveva presentare le proprie dimissioni per non lasciargli sulle spalle un morto da vendicare. Giulio Branciforte riconobbe giuste queste idee, che prima gli erano del tutto estranee. Come i popoli ancora primitivi, egli aveva creduto che la guerra consista nel battersi con coraggio. Obbedì subito ai suggerimenti del principe ed ebbe appena il tempo di abbracciare quel vecchio avveduto e generoso che l'aveva accompagnato fino a casa.

Pochi giorni dopo, preso da un accesso di malinconia, Giulio volle rivedere ancora il palazzo Campireali. Con tre dei suoi soldati, travestiti come lui da mercanti napoletani, penetrò in Albano al cadere della notte. Presentatosi da solo in casa di quel tale Scotti, seppe che Elena era sempre relegata nel convento di Castro e che il padre, credendola maritata con colui che chiamava l'assassino di suo figlio, aveva giurato di non rivederla più. Non le aveva rivolto lo sguardo neppure nel ricondurla in convento. La tenerezza della madre pareva invece raddoppiata, e spesso ella lasciava Roma per andare a passare uno o due giorni con la figliola.

Capitolo 4

"Se non mi giustifico con Elena, si disse Giulio raggiungendo di notte il quartiere occupato nella foresta dalla sua compagnia, finirà col credermi un assassino. Dio sa quali storie le avranno raccontato intorno a quel fatale combattimento!".

Andò alla rocca della Petrella a prendere gli ordini del principe e gli domandò il permesso di andare a Castro. Fabrizio Colonna corrugò le sopracciglia:

La faccenda di quel fatto d'armi non è ancora accomodata con Sua Santità. Voi dovete sapere che ho dichiarato quel che è vero, vale a dire che io son rimasto del tutto estraneo a quello scontro, di cui non ho avuto notizia che il giorno dopo, qui nel mio castello della Petrella. Tutto mi fa credere che Sua Santità finirà col prestare fede alla verità di questa relazione. Ma gli Orsini sono potenti e tutti dicono che voi vi siete distinto in quella baruffa. Gli Orsini dicono persino che alcuni prigionieri sono stati impiccati ai rami degli alberi. Voi sapete quanto queste dicerie son false. Tuttavia c'è da temere rappresaglie.

Il profondo stupore che brillava nello sguardo ingenuo del giovane capitano mise di buon umore il principe, il quale nondimeno, dinnanzi a tanta innocenza, giudicò che conveniva parlargli più chiaro.

Ritrovo in voi, disse seguitando, quel valore che ha reso noto in tutta Italia il nome Branciforte. Spero che avrete per la mia casa quella fedeltà per cui vostro padre mi era così caro e che io ho voluto ricompensare in voi. Ecco la parola d'ordine della mia compagnia: Non dir mai la verità per quel che si riferisce a me o ai miei soldati. Se nel momento in cui vi si costringe a parlare non vedete l'utilità di alcuna menzogna, mentite a caso, e guardatevi dal dire la minima verità, come se si trattasse di peccato mortale. Voi comprendete che una vostra ammissione, riscontrata con altre notizie, metterebbe sulle tracce dei miei progetti. So, del resto, che voi avete una passioncella nel convento della Visitazione a Castro. Andate pure a passare una quindicina di giorni in quella cittaduzza, dove gli Orsini hanno amici e anche agenti. Passate dal mio maggiordomo che vi consegnerà duecento zecchini. L'affetto che avevo per vostro padre, aggiunse il principe ridendo, m'induce a darvi qualche direttiva sul modo di condurre a termine in modo soddisfacente codesta impresa amorosa e militare. Voi e tre dei vostri soldati vi travestirete da mercanti.

Fingerete di arrabbiarvi con uno dei vostri compagni che si mostrerà sempre ubriaco e si procurerà molti amici pagando da bere a tutti gli sfaccendati di Castro. Ma, aggiunse il principe con un altro tono di voce, se gli Orsini vi catturano e vi condannano a morte, non confessate mai il mio nome e tanto meno che dipendete da me. Non ho bisogno di raccomandarvi una cosa: quando arrivate in quel borgo, fatene prima il giro tutt'intorno e poi entrate per la porta opposta alla strada da cui siete venuto.

Giulio fu commosso da questi consigli paterni che gli venivano da un gentiluomo abitualmente così grave. Il principe dapprima sorrise vedendo che il giovane aveva le lacrime agli occhi; poi si commosse anche lui e la voce gli si alterò. Si sfilò uno dei molti anelli che portava alle dita; e Giulio, nel riceverlo, baciò quella mano celebre per tante imprese.

 Neppure mio padre mi avrebbe parlato così, esclamò entusiasmato.

Due giorni dopo, poco prima dell'alba, entrava nella cittadina di Castro. Cinque soldati lo seguivano, travestiti come lui. Due di essi andavano per conto proprio, e pareva che non conoscessero né lui né gli altri tre. Già prima di entrare nella città Giulio aveva scorto il convento della Visitazione, vasto edificio chiuso da nere mura che pareva quasi una fortezza. Entrò subito nella chiesa: era splendida. Le religiose, tutte nobili e quasi tutte di ricca famiglia, gareggiavano nell'arricchire la chiesa, che era la sola parte del convento visibile al pubblico. Era uso che la religiosa nominata badessa dal Papa, su una terna presentata dal cardinale protettore dell'Ordine della Visitazione, facesse un'offerta ragguardevole per rendere immortale il proprio nome. La badessa la cui offerta era inferiore a quella della badessa che l'aveva preceduta era disprezzata com'era disprezzata la sua famiglia.

Giulio s'inoltrò in quella magnifica navata, tutta risplendente di marmi e di dorature. Ma né all'oro né al marmo faceva attenzione: gli pareva d'essere sotto gli occhi di Elena. L'altare maggiore, come gli dissero, era costato più di ottocentomila lire ma il suo sguardo, senza curarsi delle ricchezze di quell'altare, si dirigeva verso una cancellata dorata, alta quasi quaranta piedi e divisa in tre parti da due pilastri di marmo. Questa cancellata, che per la sua enorme grandezza sembrava qualcosa di terribile, era situata dietro l'altare maggiore e separava il coro delle monache dalla chiesa aperta a tutti i fedeli.

Giulio pensava che dietro quella cancellata dorata dovevano stare durante le funzioni le monache e le educande. Là, si potevano recare anche da sole, in qualsiasi ora del giorno, le monache o le educande che avessero bisogno di pregare. Su questa circostanza, nota a tutti, si fondavano le speranze del povero innamorato. E' vero che un immenso velo nero era calato dalla parte interna della cancellata. "Ma quel velo, pensava Giulio, non deve impedire troppo alle educande di guardare dalla parte della chiesa aperta al pubblico, dal momento che io, pur non potendo avvicinarmi che fino a un certo punto, vedo benissimo attraverso il velo le finestre da cui il coro prende luce e posso distinguere i minimi particolari architettonici".

Ogni sbarra di quella cancellata magnificamente dorata era munita di una punta diretta contro quelli che si avvicinassero troppo.

Giulio scelse un posto bene in vista di faccia al lato sinistro della cancellata, dove c'era più luce; e là passava le sue giornate a sentire una messa dopo l'altra. Attorniato com'era di soli contadini, sperava d'essere notato anche attraverso il velo nero che scendeva sulla parte interna della cancellata. Per la prima volta nella sua vita quel giovane così semplice cercava di richiamare su di sé l'attenzione dei presenti: s'era vestito con ricercatezza, faceva abbondanti elemosine entrando e uscendo dalla chiesa. Così lui come i suoi uomini facevano molte cortesie a tutti gli operai e ai fornitori che avevano qualche relazione col convento. Il terzo giorno soltanto poté avere qualche speranza di far pervenire una lettera a Elena. Aveva dato ordine che si pedinassero attentamente le due suore converse incaricate di comperare una parte delle provvigioni del convento, e così seppe che una di loro aveva una relazione con un modesto mercante. Uno dei soldati di Giulio, che era stato frate, fece amicizia con costui e gli promise uno zecchino per ogni lettera consegnata all'educanda Elena di Campireali.

 Come? disse il mercante alla prima proposta che gli fu fatta. Una lettera alla MOGLIE DEL BRIGANTE!

Erano passati appena quindici giorni da che Elena era a Castro e già la si chiamava in quel modo, tanto in quella popolazione appassionata per i particolari esatti si diffondono i racconti che parlano all'immaginazione.

Il mercante aggiunse:

Almeno questa qui è maritata! Ma quante di quelle signore non hanno questa scusa e ricevono dal di fuori altro che lettere!

In quella prima lettera Giulio raccontava coi più minuziosi particolari quanto era accaduto nel giorno fatale della morte di Fabio, e nel chiudere domandava: "Mi odiate?".

Elena rispose, con un solo rigo, che non odiava nessuno, ma quanto le restava di vita l'avrebbe passato a cercare di dimenticare chi aveva ucciso suo fratello.

Giulio si affrettò a rispondere: dopo qualche invettiva contro il destino, secondo il platonismo allora di moda: "Vuoi dunque, continuava, dimenticare la parola di Dio trasmessaci dalle Sacre Scritture? Dice Dio: la donna lascerà la famiglia e i genitori per seguire lo sposo. Avresti il coraggio di negare che tu sei mia moglie? Ricordati la notte di San Pietro. L'alba spuntava dietro Monte Cavo e tu ti gettasti in ginocchio davanti a me: volli usarti misericordia: tu eri mia, se io avessi voluto, perché non avevi la forza di resistere all'amore che sentivi per me. Improvvisamente mi venne quest'idea: poiché io t'avevo detto parecchie volte che da un pezzo ti avevo sacrificato la mia vita e tutto quello che avevo di più caro al mondo, tu mi potevi rispondere che tutti quei sacrifici non convalidati da alcun atto esterno potevano essere anche immaginari. Ed ecco che un'altra idea m'illuminò, crudele per me, ma in fondo giusta. Pensai che non a caso io avevo la possibilità di sacrificare al tuo interesse la più grande felicità che mai mi fosse dato sperare. Tu eri già tra le mie braccia, e senza difesa, ricordati: la tua bocca stessa non osava rifiutare. In quel momento al convento di Monte Cavo suonò l'"Ave Maria" del mattino e quel suono, per un caso miracoloso, arrivò fino a noi. Tu mi dicesti: "Fa' questo sacrificio alla Madonna Santissima, madre di ogni purità". Già da un istante io avevo l'idea di quel sacrificio supremo, il solo reale sacrificio che io avessi avuto mai l'occasione di farti. Mi parve singolare che la stessa idea fosse venuta anche a te. Il suono lontano di quell'"Ave Maria" mi commosse, devo confessarlo, e ti accordai quel che chiedevi. Il sacrificio non fu tutto per te: pensai di mettere la nostra futura unione sotto il segno della Madonna. Allora pensavo che gli ostacoli non sarebbero venuti da te, perfida, ma dalla tua nobile e ricca famiglia. Se non ci fosse stato un intervento soprannaturale, come mai quell'"Ave Maria" sarebbe potuta arrivare a noi da tanto lontano, attraverso le cime degli alberi d'una buona metà della foresta, agitate in quel momento dal vento del mattino? Ti ricordi? T'inginocchiasti, e io mi levai in piedi, mi trassi dal petto la croce che porto, e tu giurasti su questa croce, che è qui davanti a me, e sulla tua dannazione eterna, che in qualunque luogo ti fossi mai trovata, qualunque cosa ti fosse mai accaduta, appena io te ne dessi l'ordine, tu ti saresti messa interamente a mia disposizione, com'eri in quel momento che l'"Ave Maria" di Monte Cavo ti giunse all'orecchio da tanto lontano. Dicemmo poi devotamente due "Ave" e due "Pater". Ebbene! per l'amore che allora tu sentivi per me, e se, come temo, tu te ne sei scordata, per la tua dannazione eterna, io ti ordino di farmi entrare questa notte nella tua camera o nel giardino del convento".

L'autore italiano riferisce curiosamente molte delle lettere scritte da Giulio Branciforte dopo questa prima; ma dà solo qualche tratto delle risposte di Elena di Campireali. Dopo duecentosettantott'anni i sentimenti d'amore e di religione di cui son piene quelle lettere sono così remoti da noi che ho temuto, riproducendole, d'essere prolisso.

Dalle lettere sembra che Elena obbedì all'ordine contenuto in quella che abbiamo tradotto abbreviandola. Giulio trovò il modo d'introdursi nel convento: si può argomentare che per farlo si sia travestito da donna. Elena lo ricevette, ma soltanto mostrandosi all'inferriata di una finestra del pian terreno che guardava sul giardino. Con dolore inesprimibile Giulio vide bene che la fanciulla, un tempo così tenera e appassionata, era divenuta come un'estranea: lo trattò quasi "con cortesia". Facendolo entrare in giardino aveva ceduto quasi unicamente alla religione del giuramento. Il colloquio fu breve: dopo qualche minuto, l'orgoglio di Giulio, forse un poco eccitato dagli avvenimenti degli ultimi quindici giorni, riuscì a vincere il suo profondo dolore.

"Io mi vedo davanti, disse a se stesso, nient'altro che la tomba di quell'Elena che in Albano sembrava mi si fosse data per tutta la vita".

Giulio nascose le lacrime che gli inondavano il viso. Quando Elena ebbe finito di giustificare il mutamento così naturale, diceva lei, dopo la morte d'un fratello, Giulio le disse, parlando molto lentamente:

Voi non rispettate il giuramento, non mi ricevete in un giardino, non siete inginocchiata davanti a me com'eravate dopo mezzo minuto che avevamo sentito l'"Ave Maria" di Monte Cavo. Dimenticate il vostro giuramento, se potete. Quanto a me, non dimentico nulla: che Dio vi assista!

Nel dire queste parole baciò l'inferriata presso cui sarebbe potuto restare quasi un'ora. Un istante prima chi avrebbe detto che abbreviasse di sua propria volontà quel colloquio tanto desiderato? Il sacrificio gli spezzò il cuore; ma pensava che avrebbe ben meritato il disprezzo di Elena se avesse risposto alle sue "cortesie" altrimenti che lasciandola in preda ai rimorsi.

Uscì dal convento prima dell'alba, e subito montò a cavallo ordinando ai suoi soldati di aspettarlo a Castro tutta una settimana e poi di rientrare nella foresta. Era pazzo di disperazione. Si diresse verso Roma.

"Come? si diceva ad ogni passo, mi allontano da lei? Siamo diventati così estranei l'uno per l'altra? O Fabio! sei ben vendicato!".

La vista degli uomini che incontrava per strada lo inaspriva sempre più. Lanciò il cavallo attraverso i campi e diresse la sua corsa verso la regione incolta e deserta che si stende lungo il mare. Quando s'accorse che non incontrava più quei pacifici contadini di cui invidiava la sorte, respirò: lo spettacolo di quel luogo selvaggio s'accordava con la sua disperazione e gli leniva la collera. Allora soltanto poté abbandonarsi alla contemplazione del suo triste destino.

"Alla mia età, si disse, ho un impegno: innamorarmi di un'altra donna!".

A questo triste pensiero, la sua disperazione raddoppiò: vide troppo bene che per lui non c'era che una donna sola al mondo. S'immaginava il supplizio che avrebbe provato se avesse avuto il coraggio di rivolgere una parola d'amore a un'altra che non fosse Elena: una simile idea gli straziava il cuore.

Fu preso da un accesso di riso amaro.

"Eccomi qua, pensò, proprio come quegli eroi dell'Ariosto che viaggiano soli in paesi deserti quando devono dimenticare d'aver trovato la loro perfida donna tra le braccia d'un altro cavaliere... Ma lei non è così colpevole: disse scoppiando in un pianto dopo quel folle accesso di riso, la sua infedeltà non arriva ad amare un altro. Quell'anima vivace e pura si è lasciata fuorviare dalle cose atroci che le hanno raccontato di me. Le hanno detto senza dubbio che mi sono armato per quella fatale spedizione senz'altro motivo che la segreta speranza di uccidere suo fratello se l'occasione mi si fosse presentata. I malevoli avranno fatto di più: mi avranno attribuito questo sconcio calcolo: che, una volta morto suo fratello, lei sarebbe divenuta la sola erede di un immenso patrimonio... E io sono stato così sciocco da lasciarla per quindici giorni in preda alle seduzioni dei miei nemici! Davvero io sono molto disgraziato, ma il Cielo mi ha anche negato quel senso con cui ci si regola nella vita. Sono un grande infelice, un essere molto spregevole! La mia vita non serve né a ma né agli altri".

In quel momento il giovane Branciforte ebbe un'ispirazione ben poco comune in quel secolo: il suo cavallo andava lungo l'orlo della spiaggia e le onde di tanto in tanto gli bagnavano le zampe: gli venne l'idea di spingerlo nel mare e di mettere fine alla sua misera vita. Che cosa avrebbe potuto fare mai ora ch'era stato abbandonato dal solo essere che gli avesse fatto sentire l'esistenza della felicità? Ma un'altra idea improvvisamente lo trattenne.

"Che cosa sono mai le pene che soffro, si disse, a paragone di quelle che soffrirò tra un momento, se porrò fine a questa vita infelice? Elena non soltanto non sentirà nulla per me come ora, ma la vedrò nelle braccia d'un rivale, e questo rivale sarà qualche giovane romano, ricco e "stimato": perché i diavoli, secondo il loro compito, cercheranno le immagini più crudeli per torturarmi l'anima. Così, neppure nella morte potrò scordarmi di Elena: anzi, la mia passione per lei raddoppierà, perché sarà il mezzo più sicuro a cui l'eterna potenza potrà ricorrere per punirmi del mio orrendo peccato".

Per finire di scacciare la tentazione Giulio si mise a recitare devotamente delle avemmarie. Al suono dell'"Ave Maria" del mattino, preghiera dedicata alla Madonna, egli era stato un giorno sedotto e trascinato ad un'azione generosa che riteneva ora il più grande errore della sua vita. Per un senso di rispetto non osava andare più in là ad esprimere interamente l'idea che lo assillava.

"Se per un'ispirazione della Madonna ho commesso un errore fatale, non deve ella, con un atto della sua infinita giustizia, far nascere qualche circostanza che mi renda la felicità?".

L'idea della giustizia della Madonna fece dileguare a poco a poco la sua disperazione. Levò il capo e si vide di rimpetto, oltre Albano e la foresta, Monte Cavo rivestito della sua cupa verdura e quel santo convento la cui "Ave Maria" mattutina l'aveva indotto a quel che ora egli chiamava un inganno infame. L'aspetto imprevisto di quel santo luogo lo consolò.

"No, esclamò, non è possibile che la Madonna mi abbandoni. Se Elena fosse stata mia moglie, come il suo amore permetteva e come voleva la mia dignità d'uomo, il racconto della morte di suo fratello avrebbe trovato nel suo cuore il ricordo del vincolo che la legava a me. Si sarebbe detta che era mia molto tempo prima del caso fatale per cui mi sono trovato su un campo di battaglia faccia a faccia con Fabio. Egli aveva due anni più di me, aveva pratica delle armi, era più ardito in ogni senso, più forte. Mille ragioni avrebbero provato a mia moglie che io non avevo mai provato il minimo sentimento di odio per suo fratello, anche quando egli mi tirò un colpo d'archibugio. Mi ricordo che al nostro primo appuntamento, dopo il mio ritorno da Roma, io le dicevo: che vuoi? L'onore esigeva così: non posso biasimare un fratello!".

Ritornatagli la speranza grazie alla sua devozione per la Madonna, Giulio spronò il cavallo e in poche ore giunse al luogo dov'era acquartierata la sua compagnia. La trovò che si stava armando: per Monte Cassino dovevano raggiungere la via che va da Napoli a Roma.

Il giovane capitano cambiò cavallo e si mise in marcia coi suoi soldati. Quel giorno non ci fu combattimento. Giulio non si domandò, ché non gliene importava, quale fosse lo scopo della marcia. Nel momento in cui si vide alla testa dei suoi soldati il suo destino gli apparve sotto un altro aspetto:

"Sono un vero sciocco, si disse, ho fatto male a lasciar Castro. Elena forse è meno colpevole di quel che l'ira me l'abbia fatta vedere. No, quell'anima così ingenua e pura, in cui ho visto nascere i primi moti d'amore, è sempre mia! Non mi ha proposto più di dieci volte di fuggire con me e di andare a far benedire le nostre nozze da un frate di Monte Cavo? A Castro, prima di ogni altra cosa, avrei dovuto ottenere un secondo appuntamento e ragionare bene con lei. Davvero la passione mi rende sventato come un ragazzo! Dio! avessi un amico a cui raccomandarmi per un buon consiglio! Un passo che mi propongo di fare come opportunissimo, due minuti dopo mi sembra pessimo!".

A sera, quando si stava per lasciare la strada maestra ed entrar nella foresta, Giulio si avvicinò al principe e gli domandò se poteva restare ancora per qualche giorno in quel luogo che sapeva.

 Vattene al diavolo! gli gridò Fabrizio. Credi che proprio in questo momento io possa pensare alle tue fanciullaggini?

Un'ora dopo Giulio ripartì per Castro; lì ritrovò i suoi uomini, ma non sapeva come fare per scrivere a Elena dopo il modo brusco con cui l'aveva lasciata. La sua prima lettera non conteneva che queste parole: "Mi si vorrà ricevere questa notte?".

La risposta fu di tre parole: "Si può venire".

Dopo la partenza di Giulio, Elena s'era creduta abbandonata per sempre. Allora aveva misurato tutte le conseguenze del ragionamento di quello sventurato giovane: gli era moglie prima ch'egli avesse avuto la disgrazia di incontrare suo fratello sul campo di battaglia.

Questa volta Giulio non fu accolto con quei modi cortesi che gli erano sembrati così crudeli durante il primo colloquio. Elena si mostrò anche questa volta dietro l'inferriata; ma era tutta tremante, e poiché Giulio parlava in tono molto riservato e le sue frasi erano simili a quelle che avrebbe usato parlando con un'estranea toccò ora ad Elena sentire quanto c'è di crudele nel tono quasi ufficiale che succede alla più dolce intimità. Giulio, che temeva soprattutto d'avere il cuore straziato da qualche parola fredda che Elena si fosse lasciata sfuggire, aveva preso il tono d'un avvocato per provare che Elena era sua moglie molto prima del funesto combattimento dei Ciampi. Elena lo lasciò parlare perché temeva d'essere sorpresa dal pianto se gli avesse risposto altrimenti che con poche parole. Finalmente, accorgendosi che stava per tradirsi, pregò il suo amico di tornare il giorno dopo. Si era alla vigilia di una gran festa, e il mattutino doveva esser cantato di buon'ora: potevano essere scoperti. Giulio, che ragionava come un innamorato, uscì dal giardino profondamente pensieroso: non sapeva dire, e se ne crucciava, se era stato ricevuto bene o male; e poiché le idee militari, che gli erano state ispirate dalle conversazioni coi suoi camerati, incominciavano a germogliare nella sua testa, si disse:

"Una volta o l'altra, bisognerà arrivare al punto di rapire Elena".

Poi si mise ad esaminare i mezzi con cui penetrare d'assalto nel giardino. Poiché il convento era molto ricco e si prestava ad essere oggetto di ricatto, era custodito da una gran quantità di domestici, quasi tutti vecchi soldati. Questi abitavano in una sorta di caserma le cui inferriate si affacciavano sullo stretto andito che portava dalla porta esterna del convento, aperta in un muro alto più di ottanta piedi, alla porta interna custodita dalla suora guardiana. La facciata del convento, sulla piazza, consisteva in un muro annerito dal tempo e non aveva altra apertura che la porta esterna e un finestrino attraverso il quale i soldati potevano vedere quel che accadeva fuori. Si può immaginare quale aspetto cupo doveva avere quel gran muro con quell'unica porta sulla quale dei chiodi enormi tenevano fisse, per rinforzarla, delle larghe piastre di latta, e con quell'unico finestrino di quattro piedi d'altezza su diciotto pollici di larghezza.

Noi non seguiremo l'autore del manoscritto nel lungo racconto dei successivi colloqui che Giulio ottenne da Elena. I due amanti, ritrovandosi, erano tornati ad un tono d'intimità perfetta, come un tempo nel giardino di Albano: Elena però non aveva mai voluto acconsentire a discendere in giardino. Una notte Giulio la trovò profondamente pensierosa: sua madre era venuta da Roma per vederla e per qualche giorno aveva preso dimora nel convento. Quella madre era così affettuosa e aveva avuto sempre delle attenzioni così delicate per i sentimenti che supponeva della figliola, che questa provava un profondo rimorso a doverla ingannare: insomma, come avere il coraggio di rivelarle che riceveva l'uccisore di suo figlio? Elena finì col confessare chiaramente a Giulio che se quella madre così buona con lei l'interrogava in un certo modo, non avrebbe avuto la forza di mentirle. Giulio comprese tutto il pericolo della situazione: la sua sorte dipendeva dal caso, che poteva suggerire una parola alla signora di Campireali. La notte dopo egli parlò con aria risoluta in questo modo:

Domani verrò più presto e staccherò una delle sbarre di quest'inferriata: voi scenderete in giardino ed io vi condurrò in una chiesa della città dove un prete di cui mi posso fidare ci unirà in matrimonio. Prima di giorno sarete di nuovo in questo giardino. Una volta che sarete mia moglie, io non temerò più nulla, e obbedirei a vostra madre in tutto, anche se esigesse che io passassi parecchi mesi senza vedervi in espiazione dell'orrenda sventura che tutti e due deploriamo.

E poiché Elena sembrava costernata a questa proposta, Giulio aggiunse:

Il principe mi richiama presso di sé: l'onore e tante altre ragioni mi costringono a partire. La proposta che vi ho fatto è la sola che possa assicurare il nostro avvenire: se non volete consentire, è meglio che ci separiamo per sempre, qui, sul momento. Partirò col rimorso della mia imprudenza. HO CREDUTO ALLA VOSTRA PAROLA D'AMORE, voi mancate al giuramento più sacro, ed io spero che a lungo andare il giusto disprezzo che la vostra leggerezza m'ispirerà potrà guarirmi da quest'amore che da troppo tempo forma l'infelicità della mia vita.

Elena scoppiò in un pianto:

Gran Dio! esclamò tra le lacrime. Quale orrore per mia madre!

Poi acconsentì alla proposta che le era stata fatta.

Ma, aggiunse, potrebbero scoprirci nell'andare o nel ritornare: pensate allo scandalo che avverrebbe, pensate all'orribile situazione in cui verrebbe a trovarsi mia madre: aspettiamo la sua partenza che sarà tra qualche giorno.

Siete arrivata a farmi dubitare della cosa per me più sacrosanta: la fede nella vostra parola. Domani noi saremo marito e moglie o altrimenti è questa l'ultima volta che ci vediamo su questa terra.

La povera Elena non poté rispondere che piangendo: il cuore le si spezzava soprattutto sentendo il tono risoluto e crudele con cui Giulio le parlava. Aveva davvero meritato il suo disprezzo? Era così cambiato l'amante un tempo così docile e affettuoso? Finalmente acconsentì a quel che le era stato ordinato. Giulio s'allontanò. Da quel momento Elena aspettò la notte nelle alternative dell'ansietà più straziante. Se si fosse dovuta preparare a una morte certa, il suo dolore sarebbe stato meno angoscioso: avrebbe potuto trovare un certo coraggio nell'idea dell'amore di Giulio e nel tenero affetto di sua madre. Il resto di quella notte passò in un continuo doloroso volere e disvolere. In certi momenti avrebbe voluto dir tutto alla madre. Il giorno dopo questa la trovò così pallida che dimenticò tutti i sui savi proponimenti e si gettò nelle braccia della figliola esclamando:

Che cosa accade? Gran Dio! Dimmi che cosa hai fatto o che cosa stai per fare! Se tu pigliassi un pugnale e me lo cacciassi in cuore, mi faresti soffrire meno che continuando in codesto silenzio.

L'estremo affetto della madre era così evidente agli occhi di Elena, vedeva così chiaramente che cercava di moderare l'espressione dei suoi sentimenti anziché esagerarla, che alla fine si sentì vinta dalla commozione e le cadde ai piedi. E poiché la madre, cercando d'indovinare il fatale segreto, aveva detto che Elena avrebbe sfuggito la sua presenza, ella rispose che il giorno dopo e tutti i giorni seguenti non l'avrebbe lasciata mai, ma che la scongiurava di non domandarle di più. Queste parole imprudenti furono ben presto seguite da una confessione completa. La signora di Campireali inorridì quando seppe che l'uccisore del suo figliolo le era così vicino. Ma il dolore che ne provò fu compensato da una vivissima e purissima gioia. Come potremmo descrivere il suo giubilo quando seppe che la figlia non aveva mancato mai ai suoi doveri?

In un batter d'occhio i disegni di quella madre prudente cambiarono totalmente: si credette lecito di ricorrere all'inganno nei confronti di quell'uomo che per lei non era nulla. Elena si sentiva il cuore straziato dai più crudeli impeti di passione. E poiché la sua anima tormentata aveva bisogno di sfogo, si confessò alla madre con la più grande sincerità. La signora di Campireali, che ormai credeva di poter permettersi tutto, inventò una serie di sottili ragionamenti che qui sarebbe troppo lungo riferire. Senza troppa difficoltà dimostrò alla figlia che invece d'un matrimonio clandestino, e destinato a rimanere come una macchia nella vita d'una donna, poteva ottenere un matrimonio pubblico e perfettamente onorevole solo che consentisse a rimandare di otto giorni l'atto di obbedienza che doveva ad un amante così generoso. Intanto lei, la signora di Campireali, sarebbe andata a Roma ed avrebbe esposto al marito che Elena era la moglie di Giulio già molto tempo prima della fatale battaglia dei Ciampi. La cerimonia era avvenuta la notte stessa in cui travestita da frate aveva incontrato il padre e il fratello sulle rive del lago, in quel sentiero scavato nella roccia lungo il muro del convento dei Cappuccini.

La donna si guardò bene dal lasciare la figlia durante tutta quella giornata, e finalmente, verso sera, Elena scrisse al suo amante una lettera ingenua e, a parer nostro, molto commovente, in cui gli esprimeva i contrasti che le avevano lacerato il cuore. Finiva con l'implorare da lui una proroga di otto giorni: "Nello scriverti questa lettera, aggiungeva, che un messo di mia madre aspetta, mi pare di vederti irritato, mi pare che i tuoi occhi mi guardino con odio: ho il cuore straziato dai più crudeli rimorsi. Tu dirai che ho un carattere molto debole, che sono molto pusillanime, molto spregevole; ed io te lo confesso, angelo mio. Ma immagina quale spettacolo: mia madre, tutta in lacrime, ai miei piedi. Allora per me non è stato più possibile nascondere che una certa ragione m'impediva di consentire alla sua domanda; e, una volta lasciatami sfuggire per debolezza quelle imprudenti parole, non so più quel che è avvenuto in me, ma mi è stato impossibile nasconderle quel che c'era stato tra noi. Per quel che posso ricordare, mi sembra che la mia anima, priva d'ogni forza, avesse bisogno d'un consiglio. Speravo di trovarlo nelle parole di mia madre... purtroppo ho dimenticato, amor mio, che quella madre tanto amata aveva un interesse contrario al tuo. Ho dimenticato il mio primo dovere, che è l'ubbidienza a te, e mi pare di non essere capace di quel vero amore che dicono superiore a tutte le prove. Disprezzami, Giulio mio, ma, in nome di Dio, non cessare di amarmi. Portami via, se vuoi, ma rendimi questa giustizia, che, se mia madre non fosse stata nel convento, i più tremendi pericoli, la vergogna stessa, nulla al mondo m'avrebbe impedito d'ubbidire ai tuoi ordini. Questa madre è così buona! È così intelligente! È così generosa! Ricordati quello che un giorno ti ho raccontato: quando mio padre cercò nella mia camera, lei trafugò le tue lettere che io non avevo più modo di nascondere, e poi, passato il pericolo, me le rese senza volerle leggere e senza aggiungere una sola parola di rimprovero! Ebbene, durante tutta la mia vita si è comportata con me come si comportò in quel momento supremo. Mi ha detto che per il caldo voleva passare la notte in giardino sotto una tenda: sento di qui i colpi di martello, proprio ora preparano la tenda: impossibile dunque vederci questa notte. Temo anche che il dormitorio delle educande sia chiuso a chiave, e così le due porte della scala a chiocciola, cosa che non si fa mai. Queste precauzioni mi metterebbero nell'impossibilità di scendere in giardino, anche se credessi utile di far questo passo per calmare la tua collera. Ah, come in questo momento mi abbandonerei a te, se potessi! Come correrei in quella chiesa dove ci si deve sposare! Come ti seguirei dovunque tu volessi!".

Questa lettera finiva con due pagine di frasi folli, in cui ho notato dei ragionamenti esaltati che sembrano d'imitazione platonica: nel tradurre la lettera ho soppresso parecchie eleganze di questo genere.

Giulio Branciforte fu molto stupito nel riceverla un'ora circa prima dell'"Ave Maria" della sera: aveva preso allora gli ultimi accordi col prete. Ebbe un impeto di collera.

"Non ho bisogno del suo consiglio per rapirla: creatura debole e pusillanime!".

E partì immediatamente per la foresta della Faiola.

Ecco d'altra parte qual era la posizione della signora di Campireali. Suo marito era moribondo, lentamente ucciso dall'impossibilità di vendicarsi del Branciforte. Invano aveva fatto offrire somme ragguardevoli a "bravi" romani: nessuno aveva voluto impicciarsi con un "caporale", come dicevano, del principe Colonna: erano troppo sicuri di essere sterminati, essi e le loro famiglie. Un anno appena era trascorso da che un villaggio intero era stato bruciato per vendicare la morte d'un soldato del Colonna, e tutti gli abitanti che avevano cercato di fuggire in campagna, uomini e donne, erano stati legati con funi per le mani e per i piedi e quindi lanciati nelle case in fiamme.

La signora di Campireali aveva grandi terre nel regno di Napoli. Il marito le aveva ordinato di far venire di là gli assassini, ma lei aveva ubbidito solo apparentemente perché credeva la figlia legata a Giulio Branciforte da un nodo indissolubile. E perciò pensava che Giulio sarebbe dovuto entrare nell'esercito spagnolo, che allora combatteva in Fiandra contro i ribelli, e fare con esso due o tre campagne. Se non era ucciso, pensava, voleva dire che Dio non disapprovava un matrimonio necessario: in tal caso avrebbe dato alla figliola le terre di sua proprietà nel regno di Napoli, e Giulio Branciforte, dopo aver assunto il nome di una di quelle terre, sarebbe andato con la moglie a passare qualche anno in Spagna.

Dopo tutte quelle prove forse lei avrebbe avuto la forza di vederlo. Ma dopo la confessione della figlia tutto aveva cambiato aspetto: il matrimonio non era più necessario: anzi! E mentre Elena scriveva al suo amante la lettera che abbiamo tradotto, la signora di Campireali scriveva a Pescara e a Chieti, ordinando ai suoi fattori di mandarle a Castro persone sicure e capaci d'un colpo di mano e non nascondendo che si trattava di vendicare la morte di suo figlio Fabio, il loro giovane signore. Il corriere partì con le lettere prima che finisse quel giorno.

Capitolo 5

Dopo tre giorni Giulio era di ritorno a Castro e conduceva con sé otto dei suoi soldati. Questi avevano acconsentito a seguirlo e ad esporsi alla collera del principe, che qualche volta aveva punito con la morte imprese del genere di quella in cui stavano per impegnarsi. Giulio aveva cinque uomini a Castro e otto dunque ne conduceva con sé; e nondimeno quattordici soldati, per quanto coraggiosi essi fossero, gli sembravano insufficienti per l'impresa, perché il convento era come una fortezza.

Si trattava di oltrepassare con la forza o con l'astuzia la prima porta del convento: bisognava poi inoltrarsi in un andito lungo più di cinquanta passi. A sinistra, come s'è già detto, si aprivano le inferriate d'una sorta di caserma dove le religiose avevano apportato trenta o quaranta domestici, vecchi soldati. Appena dato l'allarme, da quelle inferriate sarebbe partito un fuoco ben nutrito.

La badessa che era allora in carica, donna di testa, aveva sempre dinanzi agli occhi le imprese dei capi Orsini, del principe Colonna, di Marco Sciarra e di tanti altri che spadroneggiavano nei dintorni. Come resistere a ottocento uomini risoluti che occupassero all'improvviso una cittadina come Castro e mirassero al convento credendolo pieno d'oro? La Visitazione di Castro aveva di solito quindici o venti "bravi" nella caserma a sinistra dell'andito che portava alla seconda porta del convento; a destra di codesto andito c'era un gran muro attraverso il quale non si poteva passare; in fondo all'andito si trovava una porta di ferro che dava su un atrio colonnato; dopo l'atrio c'era il gran cortile del convento, e a destra il giardino. La porta di ferro era vigilata dalla suora guardiana.

Quando Giulio, seguito dai suoi otto uomini, fu a sei leghe da Castro, si fermò in una locanda fuori mano per lasciar passare le ore del gran caldo. Là soltanto rivelò il suo progetto; e poi tracciò sulla sabbia del giardino la pianta del convento che bisognava assaltare.

Alle nove di sera, disse ai suoi uomini, ceneremo fuori dalla città; a mezzanotte entreremo; troveremo cinque dei vostri camerati che aspettano vicino al convento. Uno di loro, che sarà a cavallo, fingerà d'essere un corriere arrivato da Roma per chiamare la signora di Campireali presso suo marito che è in punto di morte. Noi cercheremo di oltrepassare senza rumore la prima porta del convento che voi vedete in mezzo alla caserma, disse indicando loro la pianta tracciata sulla sabbia. Se incominciamo a combattere alla prima porta, i "bravi" delle monache farebbero presto a tirarci dei colpi d'archibugio mentre noi saremmo sulla piazzetta che voi vedete qui davanti al convento o mentre c'inoltreremmo nello stretto passaggio che mena dalla prima alla seconda porta. Questa seconda porta è di ferro, ma io ne ho la chiave. E' vero che ci sono delle enormi sbarre infisse nel muro che quando sono messe al loro posto impediscono di aprirsi ai due battenti della porta. Ma queste due sbarre di ferro sono troppo pesanti perché la suora guardiana possa manovrarle, ed io, che pure sono passato più di dieci volte per quella porta di ferro, non le ho viste mai al loro posto. Anche questa sera conto di passarci senza difficoltà. Comprenderete che nel convento c'è qualcuno d'accordo con me. Il mio scopo è di rapire un'educanda e non già una monaca. Ma ecco quel che soprattutto importa: dobbiamo ricorrere alle armi soltanto in caso di assoluta necessità. Se incominciassimo a combattere prima di arrivare a quella seconda porta munita di sbarre di ferro, la suora guardiana chiamerebbe subito due vecchi giardinieri, di settant'anni, che abitano nell'interno del convento, e i vecchi fisserebbero contro i battenti della porta le sbarre di ferro di cui vi ho parlato. Se accadesse questa disgrazia, saremmo costretti, per oltrepassare la porta, a demolire il muro, e perderemmo una decina di minuti. In ogni caso io andrò per primo verso quella porta. Uno dei giardinieri è pagato da me; ma s'intende che mi sono ben guardato dal parlargli del mio progetto di ratto. Oltrepassata quella seconda porta, si gira a destra e si arriva al giardino: una volta nel giardino, s'incomincia il combattimento, e allora bisogna fare man bassa di quanto si presenta. Resta ben inteso che voi farete uso soltanto delle spade e delle daghe, perché il minimo colpo d'archibugio metterebbe a soqquadro tutta la cittadinanza, che potrebbe attaccarci all'uscita. Con tredici uomini come voi certamente io non temerei di attraversare quella bicocca: nessuno, certo, oserebbe discendere in strada; ma parecchi borghesi hanno degli archibugi, e tirerebbero dalle finestre. In questo caso, diciamolo di passata, bisognerebbe camminare rasentando i muri delle case. Una volta nel giardino del convento, voi direte a bassa voce a ogni uomo che si presenterà: "Andate via"; e ucciderete a colpi di daga chiunque non ubbidirà subito. Io salirò nel convento per la porticina del giardino con quelli di voi che mi saranno vicini e tre minuti dopo scenderò con una o due donne che porteremo via tra le braccia senza permettere loro di camminare. Senza por tempo in mezzo fuggiremo dal convento e dalla città. Due di voi resteranno alla porta e tireranno una ventina di colpi d'archibugio, di minuto in minuto, per spaventare i borghesi e tenerli a distanza.

Giulio ripeté due volte questa spiegazione.

 Avete capito bene? disse ai suoi uomini. Ci sarà buio in quell'atrio: a destra, il giardino, a sinistra, il cortile: non bisogna sbagliare.

 Contate su di noi! esclamarono i soldati.

Poi andarono a bere. Ma il caporale non li seguì e chiese il permesso di parlare al capitano.

 Nulla di più semplice, gli disse, del progetto di Vossignoria. Ho già forzato due conventi: questo qui sarà il terzo. Ma siamo troppo pochi. Se il nemico ci costringe a demolire il muro che sostiene i cardini della seconda porta, bisogna pensare che i "bravi" della caserma non rimarranno in ozio durante quella lunga operazione: vi uccideranno a colpi di archibugio sette o otto uomini, e allora si corre il rischio di vedersi portar via la donna al ritorno. E' proprio quello che ci è accaduto in un convento vicino a Bologna: ci uccisero cinque uomini: noi ne ammazzammo otto; ma il capitano non ebbe la donna. Faccio due proposte a Vossignoria. Conosco quattro contadini che abitano nei dintorni dell'albergo in cui ci troviamo: essi hanno prestato servizio sotto Sciarra e per uno zecchino si batteranno come leoni per tutta la notte. Ruberanno un po' d'argenteria nel convento; ma a voi poco importa: il peccato è loro: voi, in fin dei conti, li assoldate per avere una donna. Ed ecco la mia seconda proposta: Ugone è un ragazzo istruito e molto furbo: era medico quando ammazzò suo cognato e si diede alla macchia. Voi potete mandarlo al convento un'ora prima che faccia notte: domanderà lavoro e farà in modo che lo ammetteranno nel corpo di guardia: là farà bere i domestici delle monache, ed è anche capace di bagnare la miccia dei loro archibugi.

Giulio, per sua disgrazia, accettò la proposta del caporale. Questi, nell'andarsene, aggiunse:

 Noi stiamo per attaccare un convento: c'è SCOMUNICA MAGGIORE, e per di più è un convento sotto la protezione diretta della Madonna...

Avete ragione! esclamò Giulio come risvegliato da quelle parole. Rimanete con me.

Il caporale chiuse l'uscio e ritornò per dire il rosario insieme a Giulio. Pregarono per un'ora intera. A notte si rimisero in marcia.

Allo scoccare della mezzanotte, Giulio, che era entrato da solo in Castro, verso le undici, ritornò a prendere i suoi uomini, ai quali s'erano aggiunti tre contadini bene armati; li riunì coi cinque soldati che aveva in città; e fu così alla testa di sedici uomini ben risoluti. Due di essi erano travestiti da domestici, con una lunga giubba di tela nera per nascondere il giaco e con un berretto senza piume.

A mezzanotte e mezzo, Giulio, che si era assunto la parte di corriere, arrivò al galoppo alla porta del convento, facendo un gran rumore e gridando che si aprisse senza indugio a un corriere inviato dal cardinale. Notò con piacere che i soldati che gli rispondevano dal finestrino erano più che brilli. Secondo l'uso, scrisse il proprio nome su un pezzo di carta, e un soldato andò a portarlo alla suora guardiana che aveva la chiave della seconda porta e doveva svegliare la badessa nelle grandi occasioni. La risposta si fece aspettare per tre mortali quarti d'ora, durante i quali Giulio durò molta fatica a fare stare zitti gli uomini della sua banda. Già alcuni borghesi incominciavano ad aprire timidamente le finestre, quando finalmente arrivò la risposta favorevole della badessa. Giulio entrò nel corpo di guardia per mezzo d'una scala lunga cinque o sei piedi che gli tesero dal finestrino, perché i "bravi" del convento non vollero disturbarsi ad aprire la porta grande, e salì seguito da due soldati travestiti da domestici. Saltando dalla finestra nel corpo di guardia, i suoi occhi incontrarono quelli di Ugone: grazie a questo, tutto il corpo di guardia era ubriaco. Giulio disse al capo che tre domestici di casa Campireali, ch'egli aveva fatto armare come soldati per servirsene da scorta durante il viaggio, avevano comperato della buona acquavite e chiedevano d'entrare anche loro per non annoiarsi da soli sulla piazza: il che fu concesso all'unanimità. Quanto a lui, accompagnato dai suoi uomini, scese per la scala che dal corpo di guardia portava nell'andito.

Cerca di aprire la porta grande, disse a Ugone.

Senza alcun pericolo arrivò egli stesso alla porta di ferro. Là trovò la buona suora guardiana, la quale gli disse che essendo passata la mezzanotte bisognava che la badessa ne scrivesse al vescovo, e perciò questa lo faceva pregare di consegnare le sue lettere a una monachella mandata apposta per prenderle. Giulio rispose che nel trambusto causato dall'improvvisa agonia del signor di Campireali egli non aveva se non una lettera di presentazione scritta dal medico e che tutti i particolari li avrebbe esposti a voce alla moglie e alla figlia del malato se erano ancora in convento e in ogni caso alla madre badessa. La suora guardiana andò a portare il messaggio. Presso la porta non c'era che la monachella mandata dalla badessa. Giulio, chiacchierando e scherzando con lei, passò le mani attraverso le grandi sbarre di ferro della porta e continuando a ridere cercò di aprirla. La suora, che era molto timida, s'impaurì e prese male lo scherzo. Allora Giulio, che vedeva volar via un tempo prezioso, ebbe l'imprudenza di offrirle un pugno di zecchini pregandola di aprirgli e aggiungendo che era troppo stanco per aspettare.

Come osserva lo storico, egli ben s'accorgeva di commettere una sciocchezza: bisognava agire col ferro e non già con l'oro; ma gli mancò il coraggio: eppure, nulla era più facile che afferrare la suora, distante da lui non più di un piede di là della cancellata. All'offerta degli zecchini la giovane entrò in sospetto. Disse poi che dal modo in cui Giulio le parlava aveva capito bene ch'egli non era un semplice corriere: è l'innamorato, pensò, di una delle nostre religiose, che viene qui per avere un appuntamento; e la monachella era devota. Presa d'orrore, si attaccò con tutte le forze alla corda d'una campanella che era nel grande cortile e che subito fece un frastuono da destare i morti.

 Il combattimento incomincia, disse Giulio ai suoi uomini. Attenti!

Prese la chiave e passando il braccio attraverso le sbarre di ferro aprì la porta, mentre la monachella, disperata, cadde in ginocchio e si mise a recitare delle avemmarie gridando al sacrilegio. Anche allora Giulio avrebbe dovuto costringere al silenzio la giovinetta, ma anche allora non ne ebbe il coraggio. L'afferrò uno dei suoi uomini e le mise la mano sulla bocca.

Nel medesimo istante Giulio sentì un colpo d'archibugio nel passaggio, dietro di sé. Ugone aveva aperto la porta grande: il resto dei soldati entrava senza far rumore, quando uno dei bravi di guardia, meno ubriaco degli altri, s'avvicinò a una delle inferriate e, stupito di vedere tanta gente nel passaggio, gridò bestemmiando che nessuno procedesse. Bisognava non rispondere e continuare a inoltrarsi verso la porta di ferro e questo fecero i primi soldati; ma quello ch'era in coda a tutti, uno dei contadini reclutati nel pomeriggio, tirò una pistolettata contro quel "bravo" che parlava dalla finestra, e lo freddò. Quella pistolettata nel cuore della notte e le grida degli ubriachi che vedevano cadere i loro camerati destarono i soldati del convento che erano a letto e che non avevano potuto assaggiare il vino d'Ugone. Otto o dieci dei "bravi" del convento saltarono mezzo nudi nell'andito e si misero ad attaccare energicamente i soldati del Branciforte.

Come abbiamo già detto, questo trambusto incominciò proprio nel momento in cui Giulio aveva finito d'aprire la porta di ferro. Seguito dai suoi due soldati, egli si precipitò nel giardino correndo verso la porticina della scala delle educande; ma fu accolto da cinque o sei pistolettate. I due soldati caddero e lui ebbe una palla nel braccio destro. Quelle pistolettate le avevano sparate i famigli della signora di Campireali, a cui essa aveva ordinato di passare la notte nel giardino giovandosi d'un permesso del vescovo. Giulio corse da solo verso la porticina a lui ben nota che metteva dal giardino nella scala delle educande. Fece ogni sforzo per scuoterla, ma era saldamente chiusa. Cercò i suoi uomini; ma questi, boccheggianti, non poterono rispondergli. Nel buio profondo s'imbatté in tre domestici dei Campireali contro cui si difese a colpi di daga.

Corse nell'atrio, verso la porta di ferro, per chiamare i suoi soldati; ma la porta era chiusa: destati dalla campana della monachella, i vecchi giardinieri avevano messo a posto e inchiavardato i due pesanti bracci di ferro.

 Me l'han fatta! si disse Giulio.

E lo disse ai suoi uomini. Invano tentò di forzare uno dei chiavacci con la sua spada: se ci fosse riuscito, avrebbe sollevato una delle due sbarre e aperto un battente della porta. La punta della spada gli si spezzò nell'anello del chiavaccio, e nel medesimo istante fu ferito alla spalla da uno dei domestici venuti dal giardino. Si voltò e, spinto contro la porta di ferro, si sentì assalito da parecchi uomini, per cui mise mano alla daga per difendersi. Per fortuna, poiché era buio fitto, quasi tutti i colpi di spada andavano a finire nella sua cotta di maglia. Sentendosi dolorosamente ferito al ginocchio, si slanciò contro uno degli uomini che s'era troppo spinto per colpirlo, lo uccise con un colpo di daga in faccia ed ebbe la fortuna di prendergli la spada. Allora si credette salvo, e si appostò sul lato sinistro della porta, dalla parte del cortile. I suoi uomini che erano accorsi tirarono cinque o sei pistolettate attraverso le sbarre di ferro della porta e misero in fuga i domestici. Nell'atrio non c'era altra luce che quella prodotta dalle pistolettate.

Non sparate dalla mia parte! gridava Giulio ai suoi uomini.

Vi han preso in una trappola, gli disse il caporale con un gran sangue freddo parlandogli attraverso le sbarre, ci hanno ammazzato tre uomini. Butteremo giù lo stipite della porta dal lato opposto a quello dove siete voi. Non vi avvicinate; le palle stanno per colpirci: ci sono nemici nel giardino?

Quella canaglia di servi dei Campireali, disse Giulio. Non aveva finito di parlare col caporale che dalla parte dell'atrio verso il giardino due pistolettate furono tirate contro di loro da qualcuno che aveva sentito le loro voci. Giulio si rifugiò nello stanzino della suora guardiana, che era a sinistra di chi entrava. Ebbe un vivo moto di gioia nel trovarci una lampadina quasi impercettibile che ardeva dinanzi all'immagine della Madonna. La prese con grande cautela perché non si spegnesse e s'accorse con dolore che tremava. La ferita al ginocchio lo faceva soffrire molto: la guardò e vide che il sangue colava abbondantemente.

Nel volgere intorno lo sguardo, riconobbe con molta sorpresa, in una donna che giaceva svenuta su una poltrona di legno, la fidata cameriera di Elena, la piccola Marietta. La scosse con energia.

Come! signor Giulio, esclamò la donna piangendo, siete proprio voi che volete uccidere la Marietta, la vostra amica?

No davvero! Di' a Elena che le chiedo perdono d'aver turbato il suo riposo. E dille che si ricordi dell'"Ave Maria" di Monte Cavo. Ecco un mazzo di fiori che ho colto nel suo giardino di Albano; ma c'è qualche macchia di sangue: lavalo prima di darglielo.

In quel punto si sentì una scarica di colpi d'archibugio nell'andito: erano i "bravi" delle monache che attaccavano i suoi uomini.

Dimmi dunque dov'è la chiave della porticina, disse a Marietta.

Non la vedo; ma le do' le chiavi dei chiavacci delle sbarre di ferro che chiudono la grande porta. Con queste potrete uscire.

Giulio prese le chiavi e si slanciò fuori dallo stanzino.

Ci fu un momento d'assoluto silenzio mentre tentava di aprire un chiavaccio con una delle piccole chiavi. Ma aveva sbagliato: avrebbe dovuto servirsi dell'altra. Finalmente aprì il chiavaccio. Ma proprio nel momento in cui sollevava la sbarra di ferro ricevette quasi a bruciapelo una pistolettata nel braccio destro e sentì subito che il braccio non era più buono a nulla. Sollevate la sbarra di ferro! gridò ai suoi uomini. Non c'era bisogno di dirlo. Al chiarore delle pistolettate essi avevano visto il capo ricurvo della sbarra di ferro per metà fuori dall'anello infisso alla porta. Tre o quattro mani vigorose sollevarono la sbarra, e quando questa fu fuori dall'anello la lasciarono cadere. Allora fu possibile aprire un poco uno dei battenti, e il caporale, entrato, disse a bassa voce a Giulio:

Non c'è più nulla da fare: siamo in tre o in quattro non feriti: cinque sono morti.

Io ho perso molto sangue, disse Giulio, mi sento venir meno: dite loro di portarmi via.

Mentre Giulio parlava col valoroso caporale, i soldati del corpo di guardia tirarono tre o quattro colpi d'archibugio, e il caporale cadde morto. Per fortuna Ugone aveva sentito l'ordine dato da Giulio e chiamò due soldati che portarono via il capitano. Ancora in sentimenti, egli comandò che lo trasportassero in fondo al giardino, presso la porticina. Quest'ordine fece bestemmiare i soldati, che nondimeno ubbidirono.

Cento zecchini a chi apre quella porticina di legno! esclamò Giulio.

Ma la porta resistette agli sforzi furiosi di tre uomini.

Uno dei giardinieri, appostato a una finestra del secondo piano, tirò contro di loro una quantità di pistolettate, che servirono a far luce.

Dopo gli inutili tentativi contro la porta, Giulio svenne e Ugone disse ai soldati di portar via al più presto il loro capitano. Egli intanto entrò nello stanzino della suora guardiana, mise alla porta la piccola Marietta ingiungendole con una voce terribile di andarsene via e di non dir mai a nessuno chi aveva riconosciuto. Sventrò il letto e ne trasse fuori la paglia, spezzò qualche sedia e appiccò il fuoco alla stanza. Quando vide che il fuoco aveva preso, se la diede a gambe tra i colpi d'archibugio tirati dai "bravi" del convento.

A centocinquanta buoni passi dal convento della Visitazione trovò il capitano completamente svenuto che veniva portato via in gran fretta. Dopo qualche minuto furono fuori città e Ugone diede l'ordine di fermarsi: non aveva più che quattro soldati con sé, due dei quali rimandò in città con l'ordine di tirare dei colpi d'archibugio ogni cinque minuti.

Procurate di ritrovare i vostri camerati feriti, disse loro, e uscite dalla città prima che faccia giorno: noialtri seguiremo il sentiero della Croce rossa. Se potete appiccare il fuoco in qualche posto, non mancate di farlo.

Quando Giulio rinvenne, erano a tre leghe dalla città e il sole era già molto alto sull'orizzonte.

La vostra banda non conta più che cinque uomini, di cui tre feriti. Due contadini che sono sopravvissuti hanno avuto due zecchini di gratificazione per ciascuno e sono fuggiti. I due uomini non feriti li ho mandati al borgo vicino per cercare un chirurgo.

Il chirurgo, un vecchio tutto tremante, arrivò ben presto cavalcando un magnifico somaro: per convincerlo ad andare con loro c'era voluta la minaccia di bruciargli la casa. Era così spaventato che bisognò fargli bere dell'acquavite per rimetterlo in grado di agire. Finalmente si mise all'opera e disse a Giulio che le sue ferite non erano affatto gravi.

Per quella del ginocchio non c'è pericolo, aggiunse, ma zoppicherete per tutta la vita, se non rimarrete in riposo assoluto per almeno quindici giorni.

Il chirurgo curò i soldati feriti. Ugone fece a Giulio una strizzatina d'occhio e mise due zecchini in mano al chirurgo che non la finiva più di ringraziare. Col pretesto di ricompensarlo ancora, gli fece bere tanta acquavite che l'uomo, poco dopo, cadde in un sonno profondo. Era quel che ci voleva. Lo trasportò in un campo vicino, mise quattro zecchini in un cartoccetto che gli ficcò in tasca come compenso dell'asino che servì a trasportare Giulio e uno dei soldati ferito ad una gamba. Andarono a passare le ore più calde in un'antica rovina presso uno stagno, e poi marciarono durante tutta la notte evitando i villaggi che del resto erano poco numerosi lungo quella strada, e finalmente, all'alba del terzo giorno, Giulio, portato dai suoi uomini, si destò nel bel mezzo della foresta della Faiola, nella capanna del carbonaio che era il suo quartier generale.

Capitolo 6

Il giorno dopo il combattimento le religiose della Visitazione trovarono con raccapriccio nove cadaveri nel giardino e nell'andito che portava dalla porta esterna a quella munita di sbarre di ferro: otto dei loro "bravi" erano feriti. Nel monastero non avevano mai provato tanto spavento. Qualche volta s'erano sentiti colpi d'archibugio tirati sulla piazza, ma mai erano stati tirati tutti quei colpi d'armi da fuoco nel giardino, dentro il convento e sotto le finestre delle religiose. La zuffa era durata un'ora e mezzo e il trambusto era stato grandissimo nell'interno del convento. Se Giulio Branciforte avesse avuto anche un minimo aiuto da qualcuna delle monache o delle educande, il colpo gli sarebbe riuscito: bastava che gli avessero aperto una delle molte porte che danno sul giardino. Ma tutto fremente d'indignazione e di collera contro quello che egli chiamava lo spergiuro di Elena, Giulio aveva voluto vincere con la prepotenza. Gli sarebbe sembrato di venir meno alla propria dignità se avesse confidato il suo progetto a qualcuno che avesse potuto riferirlo ad Elena. Eppure, una sola parola detta alla piccola Marietta sarebbe bastata per assicurare il buon successo dell'impresa. Marietta avrebbe aperto una delle porte che danno sul giardino e un solo uomo che fosse apparso nei corridoi del convento, con quel terribile accompagnamento di colpi d'archibugio che veniva da fuori, si sarebbe fatto ubbidire senz'altro.

Al primo colpo d'arma da fuoco Elena aveva tremato per la vita del suo amante e non aveva pensato ad altro che a fuggire con lui. Come descrivere la sua disperazione quando la piccola Marietta le parlò della spaventosa ferita che Giulio aveva avuto al ginocchio e dalla quale lei aveva veduto uscire sangue in abbondanza? Elena aveva orrore della propria viltà e pusillanimità:

 Ho avuto la debolezza di dire una parola a mia madre, e Giulio è stato ferito: poteva perdere la vita in questo sublime attacco in cui il suo coraggio ha fatto tutto.

I "bravi", ammessi nel parlatorio, avevano detto alle monache tutte ansiose di ascoltarli che durante tutta la loro vita non avevano mai visto un coraggio pari a quello del giovane vestito da corriere che dirigeva gli sforzi dei briganti. Se tutte ascoltavano quei racconti col più vivo interesse, si può immaginare con quanta passione Elena domandava ai "bravi" dei particolari sul giovane capo dei briganti. Dopo i lunghi racconti che si fu fatta fare da loro e dai vecchi giardinieri, testimoni imparziali, le parve di non voler più nessun bene alla madre. Tra madre e figlia, che pure alla vigilia del combattimento si amavano teneramente, ci fu un breve dialogo molto vivace. La signora di Campireali fu spiacevolmente sorpresa nel vedere delle macchie di sangue su un certo mazzo di fiori da cui Elena non si separava neppure per un minuto.

Bisogna gettare codesti fiori macchiati di sangue.

Sono io che ho fatto versare questo sangue generoso, ed esso è stato versato perché ho avuto la debolezza di farvi una confidenza.

Amate ancora l'assassino di vostro fratello?

Amo il mio sposo che per mia eterna sventura è stato aggredito da mio fratello.

Dopo quelle frasi la signora di Campireali e la figlia non si dissero più una parola durante i tre giorni che la signora passò ancora in convento.

Il giorno dopo la sua partenza, Elena riuscì a fuggire, approfittando della presenza di molti muratori che erano stati introdotti nel giardino per costruirvi nuove fortificazioni e che passavano e ripassavano per le due porte del convento. Si travestì da operaio, e così la piccola Marietta. Ma i borghesi facevano buona guardia alle porte della città, e uscire non fu facile. Finalmente, quel modesto mercante che le aveva fatto avere le lettere del Branciforte acconsentì a farla passare per la propria figlia e ad accompagnarla fino ad Albano. Elena si nascose presso la sua balia che aveva potuto aprire una botteguccia grazie ai suoi regali.

Appena arrivata scrisse al Branciforte e la balia, con grande difficoltà, trovò un uomo che accettò di avventurarsi nella foresta della Faiola senza avere la parola d'ordine dei soldati dei Colonna.

Il messaggero ritornò dopo tre giorni molto spaventato. Non gli era stato possibile trovare il Branciforte, e poiché le domande che non cessava di fare sul giovane capitano avevano finito col renderlo sospetto, era stato costretto a fuggire.

"Non c'è dubbio, Giulio è morto, si disse Elena, e sono io che l'ho ucciso! Questa è la conseguenza della mia sciagurata debolezza e della mia pusillanimità: avrebbe dovuto amare una donna forte, la figlia di qualcuno dei capitani del principe Colonna".

La balia credette che Elena fosse sul punto di morire. Salì al convento dei Cappuccini, nei pressi di quel sentiero scavato nella roccia dove il signor di Campireali e Fabio avevano incontrato i due amanti nel cuore della notte. La balia parlò a lungo col suo confessore e sotto il suggello sacramentale gli confidò che Elena di Campireali doveva raggiungere il proprio sposo Giulio Branciforte e che era disposta ad offrire una lampada d'argento alla chiesa del convento, del valore di cento piastre spagnole.

 Cento piastre! rispose il frate irritato. E che sarebbe del nostro convento se si riversasse su di noi l'odio del signor di Campireali? Non cento, ma mille piastre egli ci ha dato quando siamo andati a prendere il corpo di suo figlio sul campo di battaglia dei Ciampi, senza contare la cera.

Ad onore del convento bisogna dire che due frati anziani, avendo saputo dell'esatta posizione di Elena, scesero ad Albano e andarono a visitarla con l'intenzione, dapprima, d'indurla per amore o per forza ad alloggiare nel palazzo paterno: sapevano che agendo così sarebbero stati riccamente ricompensati dalla signora di Campireali. Tutta Albano parlava della fuga di Elena e delle magnifiche promesse fatte da sua madre a quelli che potevano darle notizie della figlia. Ma i due frati furono così commossi nel vedere la giovane così disperata per la creduta morte di Giulio che invece di tradirla, rivelando alla madre il luogo del suo ritiro, acconsentirono a scortarla fino alla fortezza della Petrella. Elena e Marietta, sempre travestite da operai, si recarono a piedi, di notte, a una certa fontana situata nella foresta della Faiola a una lega da Albano. I due frati vi avevano fatto condurre dei muli, e all'alba si misero tutti in cammino alla volta della Petrella. Si sapeva che i frati erano protetti dal principe, e perciò i soldati ch'essi incontravano nella foresta li salutavano rispettosamente. In quanto ai due giovani che erano con loro, i soldati dapprima si avvicinavano fissandoli con occhio molto severo, poi scoppiavano a ridere e si congratulavano coi frati che avevano dei mulattieri così graziosi.

 State zitti, miscredenti, e sappiate che quanto facciamo lo facciamo per ordine del principe Colonna, rispondevano i frati continuando a camminare.

Ma Elena era disgraziata. Alla Petrella il principe non c'era, e quando al suo ritorno, dopo tre giorni, le accordò finalmente un'udienza, si mostrò molto duro.

Perché venite qui, signorina? Che cosa vuol dire codesto passo sconsiderato? Le vostre chiacchiere di donna hanno fatto morire sette dei più valorosi uomini che fossero in Italia: nessun uomo assennato ve lo perdonerà mai. A questo mondo, bisogna volere o non volere. C'è di più: per altre chiacchiere, senza dubbio, Giulio Branciforte proprio ora è stato dichiarato "sacrilego" e condannato ad essere attanagliato per due ore con tenaglie arroventate, e poi bruciato come un ebreo, lui, uno dei migliori cristiani che io conosca! Come si sarebbe potuto, senza qualche chiacchiera infame da parte vostra, inventare quest'orrenda menzogna, che Giulio Branciforte era a Castro il giorno che fu dato l'assalto al convento? Tutti i miei uomini vi diranno che proprio quel giorno l'hanno visto qui alla Petrella e che verso sera io lo mandai a Velletri.

Ma è vivo? gridò per la decima volta Elena sciogliendosi in lacrime.

E' morto per voi, rispose il principe, voi non lo vedrete più. Vi consiglio di ritornare nel vostro convento di Castro: cercate di non commettere più indiscrezioni ed entro un'ora, ve lo comando, lasciate la Petrella. Soprattutto, non raccontate a nessuno che mi avete visto, o saprò ben punirvi.

La povera Elena si sentì straziare l'anima nel vedersi accolta così duramente da quel famoso principe Colonna per cui Giulio aveva tanto rispetto e a cui essa voleva bene perché lui gli voleva bene.

Qualsiasi cosa ne dicesse il principe Colonna, il passo di Elena non era poi così sconsiderato. Se si fosse recata alla Petrella tre giorni prima, ci avrebbe trovato Giulio Branciforte: la ferita al ginocchio gli impediva di camminare, e il principe l'aveva fatto trasportare nella grossa borgata di Avezzano, nel regno di Napoli. Alla prima notizia della terribile sentenza che il signor di Campireali aveva ottenuto, pagando, contro il Branciforte, sentenza che lo dichiarava sacrilego per violazione di clausura conventuale, il principe aveva capito che per proteggere Giulio non poteva più fare affidamento sui tre quarti dei suoi uomini. Era un peccato contro la Madonna, alla cui protezione ognuno di quei briganti credeva di avere diritti particolari. Se a Roma ci fosse stato un bargello abbastanza coraggioso da andare ad arrestare Giulio Branciforte in mezzo alla foresta della Faiola, avrebbe potuto riuscirvi.

Arrivando ad Avezzano, Giulio prese il nome di Fontana, e gli uomini che lo trasportavano furono discreti. Quando furono di ritorno alla Petrella, annunciarono con dolore che Giulio era morto in cammino, e da quel momento ogni soldato del principe seppe che era riservata una pugnalata a chi avesse pronunciato quel nome fatale.

Invano dunque, ritornata ad Albano, Elena scrisse lettere su lettere e spese tutti gli zecchini che aveva per farle recapitare al Branciforte. I due frati anziani, che erano divenuti suoi amici (perché l'estrema bellezza, dice il cronista di Firenze, esercita un certo impero anche su cuori induriti da quanto hanno di più basso, l'egoismo e l'ipocrisia), i due frati, dicevamo, avvertirono la fanciulla che inutilmente cercava di fare arrivare una parola al Branciforte: il Colonna aveva dichiarato ch'egli era morto, e Giulio certamente non sarebbe riapparso nel mondo se non quando il principe lo avesse voluto.

La balia di Elena le annunciò piangendo che la madre aveva scoperto il suo ritiro e che erano stati impartiti gli ordini più severi perché fosse trasportata con la forza nel palazzo Campireali di Albano. Elena comprese che una volta in quel palazzo vi sarebbe rimasta come in una prigione di rigore e che le sarebbe stata assolutamente vietata ogni comunicazione con l'esterno, mentre nel convento di Castro avrebbe potuto ricevere e inviare lettere con la stessa facilità con cui le ricevevano e inviavano le altre religiose. D'altra parte, e fu questa la considerazione che la persuase, nel giardino di quel convento Giulio aveva versato il sangue per lei: là lei avrebbe potuto rivedere quella poltrona di legno della suora guardiana dove Giulio si era seduto un momento per guardarsi il ginocchio ferito: là aveva dato a Marietta quel mazzo di fiori macchiato di sangue che lei non lasciava più.

Ritornò dunque tristemente al convento di Castro e la sua storia potrebbe finir qui. Sarebbe meglio per lei, e forse anche per il lettore. Dovremo infatti assistere alla lunga decadenza di un'anima nobile e generosa. Le misure prudenti e le menzogne della civiltà, che d'ora in avanti l'assedieranno da ogni parte, si sostituiranno ai moti sinceri delle passioni energiche e naturali.

Il cronista romano fa qui una riflessione piena d'ingenuità e si chiede perché una donna che ha messo al mondo una bella figlia crede di avere le qualità necessarie per dirigerla nella vita. Quando aveva sei anni le diceva con ragione: signorina, rimettetevi a posto la baverina, quando la figlia ha diciott'anni e la mamma ne ha cinquanta, quando la figliola ha ingegno non meno della mamma e a volte anche di più, quest'ultima, trasportata dalla smania di dominare, si arroga il diritto di regolare la vita dell'altra e perfino di ricorrere alla menzogna.

Vedremo che proprio Vittoria Carafa, con una serie di combinazioni abili e lungamente studiate, cagionò la morte di quella figlia diletta, dopo averla afflitta per dodici anni, triste risultato della smania di dominare.

Prima di morire il signor di Campireali aveva avuto la gioia di vedere pubblicare in Roma la sentenza che condannava il Branciforte ad essere attanagliato per due ore con ferri roventi nei principali crocicchi di Roma e poi bruciato a fuoco lento, e le sue ceneri gettate nel Tevere.

Gli affreschi del chiostro di Santa Maria Novella, a Firenze, mostrano ancor oggi come si eseguivano quelle crudeli sentenze contro i sacrileghi. Di solito, ci voleva un gran numero di guardie per impedire al popolo indignato di sostituirsi ai carnefici nel tristo uffizio. Ognuno credeva di essere l'amico intimo della Madonna. Il signor di Campireali s'era fatto ancora una volta leggere la sentenza pochi momenti prima di morire e all'avvocato che l'aveva ottenuta aveva dato in dono la sua bella tenuta tra Albano e il mare. Quest'avvocato aveva i suoi meriti. Il Branciforte era stato condannato a quell'atroce supplizio, senza che nessun testimonio l'avesse riconosciuto in quel giovane vestito da corriere che pareva dirigere con tanta autorità i movimenti degli assalitori. La magnificenza di quel dono mise in orgasmo tutti gli intriganti di Roma. C'era allora alla Corte un certo fratone, uomo profondo e capace di tutto, anche di costringere il Papa a dargli il cappello cardinalizio. Curava gli affari del principe Colonna, e questo terribile cliente gli valeva una grande considerazione.

Quando la signora di Campireali vide la figlia di ritorno da Castro, fece chiamare il fratone.

Vostra reverenza sarà magnificamente ricompensata se vuol contribuire alla riuscita di un affare molto semplice che ora le esporrò. Tra qualche giorno sarà pubblicata e resa esecutiva nel regno di Napoli la sentenza che condanna Giulio Branciforte ad un tremendo supplizio. Invito vostra reverenza a leggere questa lettera del viceré che è un poco mio parente e che si degna di comunicarmi questa notizia. In qual paese potrà il Branciforte trovare un asilo? Io farò consegnare cinquantamila piastre al principe con la preghiera di darle tutte o in parte al Branciforte a patto che vada a servire il re di Spagna mio signore contro i ribelli di Fiandra. Il viceré darà un brevetto di capitano al Branciforte, e perché la sentenza di sacrilegio, che io spero di rendere esecutoria anche in Spagna, non lo impacci nella sua carriera, egli prenderà il nome di barone Lizzara: è una terricciola che io ho negli Abruzzi e di cui troverò modo, per mezzo di vendite simulate, di fargli trasferire la proprietà. Immagino che vostra reverenza non avrà mai visto una madre trattare a questo modo l'assassino del proprio figlio. Mediante cinquecento piastre noi avremmo potuto da un pezzo liberarci di quest'essere odioso; ma non abbiamo voluto guastarci coi Colonna. Degnatevi dunque di fargli osservare che il mio rispetto per i suoi diritti mi costa dalle sessanta alle ottantamila piastre. Non voglio mai più sentir parlare di questo Branciforte; e non mancate di presentare i miei rispetti al principe.

Il fratone disse che di lì a tre giorni sarebbe andato a fare una passeggiata dalle parti di Ostia, e la signora di Campireali gli diede un anello che valeva cento piastre.

Qualche giorno più tardi il fratone si fece rivedere a Roma e disse alla signora di Campireali che non aveva potuto fare al principe quella proposta, ma che entro un mese il giovane Branciforte si sarebbe imbarcato per Barcellona, dove per mezzo d'un banchiere di quella città gli si poteva far consegnare la somma di cinquantamila piastre.

Il principe trovò Giulio ostile al progetto: per quanti fossero i pericoli che ormai lo minacciavano in Italia, il giovane innamorato non poteva decidersi a lasciare questo paese. Invano il principe gli lasciò intravedere che la signora di Campireali poteva morire; invano gli promise che in tutti i casi, trascorsi i tre anni, sarebbe potuto rientrare in patria: Giulio piangeva, ma non acconsentiva.

Il principe fu costretto a chiedergli come un servizio personale quella partenza. Giulio non poteva rifiutare nulla all'amico di suo padre; ma, prima di tutto, voleva andare a prendere gli ordini di Elena. Il principe si degnò d'incaricarsi di una lunga lettera, e permise anzi a Giulio di scriverle dalla Fiandra ogni mese. Finalmente l'amante disperato s'imbarcò per Barcellona. Tutte le lettere che egli scrisse dopo quella furono bruciate dal principe, il quale non voleva che Giulio ritornasse mai più in Italia. Abbiamo dimenticato di dire che il principe, sebbene alieno per carattere da ogni fatuità, aveva creduto necessario di dirgli, per la buona riuscita del negozio, che quella piccola fortuna di cinquantamila piastre la dava lui al figlio unico di uno dei più fedeli servitori di casa Colonna.

Elena era trattata come una principessa nel convento di Castro. La morte di suo padre le aveva dato la proprietà d'una notevole fortuna, e immense eredità le sopraggiunsero. Nell'occasione della morte di suo padre fece dare cinque canne di panno nero a tutti gli abitanti di Castro o dei dintorni che dichiararono di voler portare il lutto del signor di Campireali. Portava da qualche giorno i vestiti da lutto quando una mano del tutto sconosciuta le consegnò una lettera di Giulio. Sarebbe difficile descrivere l'ansietà con cui aprì questa lettera e così la profonda tristezza che la lettura di essa le diede. La esaminò con la più grande attenzione: era proprio la scrittura di Giulio. La lettera parlava di amore; ma quale amore, gran Dio! L'aveva scritta la signora di Campireali, che pure era così intelligente. Il suo progetto era questo: incominciare il carteggio con sette o otto lettere d'amore appassionato, e così preparare le altre, in cui l'amore si sarebbe spento a poco a poco.

Sorvoleremo rapidamente su dieci anni di una vita infelice. Elena si credeva del tutto dimenticata, e tuttavia aveva respinto con alterigia gli omaggi dei giovani signori più ragguardevoli di Roma. Esitò per altro un istante quando le parlarono di Ottavio Colonna, figlio primogenito di quel famoso Fabrizio che un giorno l'aveva accolta così male alla Petrella. Le pareva che dovendo assolutamente prender marito, per dare un protettore alle terre che ella possedeva nello stato romano e nel regno di Napoli, le sarebbe stato meno odioso portare il nome d'un uomo a cui Giulio un tempo aveva voluto bene. Se avesse acconsentito a questo matrimonio, Elena avrebbe saputo ben presto la verità sul conto di Giulio Branciforte. Il vecchio principe Fabrizio parlava spesso e con calore degli atti di sovrumano coraggio del colonnello Lizzara (Giulio Branciforte), che proprio come gli eroi dei vecchi romanzi cercava di scordare, operando valorosamente, un amore infelice che lo rendeva insensibile ad ogni piacere. Egli credeva Elena maritata da un pezzo: la signora di Campireali aveva avviluppato anche lui nelle sue menzogne.

Elena s'era mezzo riconciliata con quella madre così abile. Ardentemente desiderosa di vederla maritata, questa pregò il suo amico, il vecchio cardinale Santi Quattro, protettore della Visitazione, che si recava a Castro, di annunziare in confidenza alle monache più anziane del convento che il suo viaggio era stato ritardato da un atto di grazia. Il buon Papa Gregorio tredicesimo, mosso a pietà per l'anima di un brigante chiamato Giulio Branciforte, che un giorno aveva tentato di violare il loro monastero, aveva voluto, nel venire a conoscenza della sua morte, revocare la sentenza che lo dichiarava sacrilego, ben persuaso che sotto il peso di tale condanna egli non sarebbe mai potuto uscire dal purgatorio; sorpreso e ammazzato nel Messico dai selvaggi ribelli, aveva avuto la fortuna di andare almeno in purgatorio. Questa notizia mise in agitazione tutto il convento di Castro e giunse ad Elena che in quei tempi si abbandonava a tutte le follie che il possesso di una grande fortuna può ispirare ad una persona profondamente annoiata. A partire da quel momento non uscì più dalla sua camera. Bisogna sapere che per riuscire a trasformare come propria camera lo stanzino della suora guardiana, dove Giulio s'era rifugiato un momento durante la notte dell'assalto, aveva dovuto far ricostruire una metà del convento. Superando gravi ostacoli e sollevando uno scandalo molto difficile da soffocare, finalmente riuscì a scoprire ed a prendere al proprio servizio i tre "bravi" che il Branciforte aveva assoldato, i soli superstiti dei cinque che un giorno scamparono dal combattimento di Castro.

Tra questi c'era Ugone, ormai vecchio e crivellato di ferite. La vista di quei tre uomini aveva sollevato più d'un mormorio; ma finalmente il timore che l'altero carattere di Elena incuteva a tutta la comunità aveva preso il sopravvento, e tutti i giorni si vedevano i tre, vestiti della sua livrea, andare a prendere i suoi ordini alla cancellata esterna e spesso rispondere a lungo alle sue domande sempre sullo stesso argomento.

Dopo i sei mesi di clausura e di distacco da tutte le cose del mondo che seguirono all'annuncio della morte di Giulio, il primo sentimento che riscosse quell'anima già spezzata da un'irrimediabile sventura e da una lunga noia, fu un sentimento di vanità.

La badessa era morta da poco. Secondo l'uso, il cardinale Santi Quattro, che era ancora il protettore della Visitazione nonostante il peso dei suoi novantadue anni, aveva formato la lista delle tre monache tra cui il papa doveva scegliere la badessa. Perché Sua Santità leggesse gli ultimi due nomi della terna ci volevano delle ragioni molto gravi: di solito si limitava a cancellare quei due nomi con un tratto di penna, e la nomina era fatta.

Elena un giorno era alla finestra del vecchio stanzino vuoto della suora guardiana, divenuto ormai l'estremità della nuova ala che ella aveva fatto aggiungere al convento. Quella finestra era alta non più di due piedi sul passaggio che un giorno era stato bagnato dal sangue di Giulio e che ora faceva parte del giardino. Ella teneva gli occhi fissi a terra, profondamente assorta. Le tre monache che da qualche ora erano nella lista del Cardinale per succedere alla defunta badessa passarono davanti alla finestra di Elena. Lei non le vide e non poté perciò salutarle. Una delle tre si sentì offesa e disse alle altre a voce abbastanza alta:

Bel modo di fare da parte di una pensionante! Scegliersi una camera esposta al pubblico!

Scossa da queste parole, Elena alzò gli occhi e incontrò tre sguardi cattivi.

Ebbene, disse chiudendo la finestra senza salutare, già da troppo tempo faccio in questo convento la parte dell'agnello, bisogna diventar lupo, non foss'altro per variare un poco i divertimenti dei curiosi della città.

Un'ora dopo, uno dei suoi uomini più fidati fu mandato a consegnare questa lettera a sua madre, che da dieci anni abitava a Roma e aveva saputo acquistarsi un gran credito:

"Madre rispettabilissima,

"Ogni anno tu mi dai trecentomila franchi nel giorno della mia festa: io, qui, spendo questo danaro in pazzie, onorevoli a dire il vero, ma che nondimeno sono pazzie. Benché tu non me lo dica più da un pezzo, io so che avrei due modi per provarti la mia riconoscenza per tutte le buone intenzioni che hai avuto verso di me. Non mi mariterò, ma diventerei con piacere BADESSA DI QUESTO CONVENTO. Quest'idea mi è venuta quando ho visto che le tre monache della lista presentata al Santo Padre dal nostro cardinale Santi Quattro sono mie nemiche: qualunque di esse sia nominata, devo aspettarmi ogni sorta di angherie. I danari che mi dai per la mia festa dalli alle persone a cui bisogna offrirli. Prima di tutto, facciamo in modo che ci sia nella nomina un ritardo di sei mesi: la priora del convento, mia intima amica, che oggi dirige temporaneamente la comunità, toccherà il cielo col dito. Per me sarà un principio di gioia, e tu sai che tua figlia adopera di rado questa parola quando parla di sé. Riconosco che la mia è un'idea pazza; ma se tu vedi che c'è qualche probabilità di riuscita, prima che passino tre giorni io metterò il velo bianco, perché otto anni di soggiorno in convento, senza mai pernottare fuori, mi danno diritto a sei mesi di esenzione. La dispensa non si nega mai, e costa quaranta scudi.

"Sono con rispetto, mia veneranda madre". Elena

Questa lettera riempì di gioia la signora di Campireali. Quando la ricevette, era già profondamente pentita di aver fatto annunciare alla figliola la morte di Giulio. Non sapendo dove sarebbe sboccata quella profonda malinconia in cui Elena era caduta, prevedeva qualche pazzia e temeva perfino che le venisse l'idea di recarsi nel Messico a visitare il luogo dove s'era detto che il Branciforte fosse stato ammazzato, nel qual caso era probabile che a Madrid venisse a conoscere il vero nome del colonnello Lizzara. D'altra parte quel che la figliola le chiedeva per mezzo di quel corriere era la cosa più difficile da ottenere, si poteva dire anzi la più assurda.

Una giovinetta, che non era neppure monaca, e che s'era fatta conoscere soltanto per la folle passione di un brigante, passione ch'ella aveva forse condiviso, essere posta alla testa d'un convento dove tutti i principi romani avevano qualche parente!

Ma, pensò la signora di Campireali, si dice che ogni processo può esser discusso e perciò vinto. Nella sua risposta Vittoria Carafa diede delle speranze alla figliola, che di solito aveva si, desideri assurdi, ma che in compenso se ne disgustava con molta facilità. La sera, nel prendere informazioni su quanto da vicino o da lontano si riferiva al convento di Castro, seppe da parecchi che il suo amico cardinale Santi Quattro era di pessimo umore: voleva combinare un matrimonio tra la propria nipote e don Ottavio Colonna, figlio primogenito di quel Fabrizio di cui s'è parlato così spesso in questa storia. Il principe gli offriva invece il suo secondogenito, don Lorenzo, perché a rimettere in sesto il suo patrimonio, stranamente compromesso dalla guerra che il re di Napoli e il papa, finalmente d'accordo facevano ai briganti della Faiola, bisognava che la moglie del suo primogenito portasse in casa Colonna una dote di seicentomila piastre (3.210.000 franchi). Ora il cardinale Santi Quattro, anche diseredando in modo sconveniente tutti gli altri suoi parenti, non poteva offrire che una fortuna di circa quattrocentomila scudi.

Vittoria Carafa passò la serata ed una parte della notte a farsi confermare questi fatti da tutti gli amici del vecchio Santi Quattro. Il giorno dopo erano appena le sette quando si fece annunciare in casa del vecchio cardinale.

Eminenza, gli disse, siamo tutti e due vecchi. E' inutile che cerchiamo d'ingannarci, chiamando con bei nomi cose non belle. Vengo a proporvi una pazzia: non si tratta, è vero, di cosa odiosa, anche se, come a me pare, sommamente ridicola. Quando si stava trattando del matrimonio tra don Ottavio Colonna e mia figlia Elena, mi sono affezionata a quel giovane, e perciò il giorno del suo matrimonio vi consegnerò duecentomila piastre in terre o in danaro, che voi mi farete il favore di fargli avere. Ma perché una povera vedova come me possa fare un sacrificio così enorme, bisogna che mia figlia Elena, la quale ha ormai ventisette anni e dall'età di diciannove non ha dormito una sola notte fuori dal convento, sia nominata badessa di Castro: bisogna ritardare l'elezione di sei mesi: la cosa è canonica.

Che cosa dite mai, signora? esclamò il vecchio cardinale fuori di sé. Neppure Sua Santità potrebbe fare quel che voi chiedete a un povero vecchio impotente.

Perciò ho detto a Vostra Eminenza che si trattava di una cosa ridicola: gli sciocchi diranno che è una pazzia; ma le persone ben informate di quel che avviene alla Corte penseranno che il nostro ottimo sovrano, il buon papa Gregorio tredicesimo, ha voluto ricompensare i leali e lunghi servigi di Vostra Eminenza facilitando un matrimonio che tutta Roma sa che è desiderato da voi. Del resto la cosa è possibilissima e del tutto canonica, ne rispondo io. Domani mia figlia metterà il velo bianco.

Ma la simonìa, signora!... esclamò il vecchio con voce terribile.

La signora di Campireali era sul punto di andarsene.

Cos'è codesta carta che lasciate?

E' l'elenco delle terre che presenterei, di valore pari a duecentomila piastre, nel caso che non si volesse danaro contante. Il trapasso di proprietà di queste terre potrebbe essere tenuto nascosto per un gran pezzo. Per esempio, la casa Colonna potrebbe intentarmi dei processi che io perderei...

Ma la simonìa, signora! l'orrenda simonìa!

Bisogna incominciare col differire di sei mesi l'elezione. Domani verrò a prendere gli ordini di Vostra Eminenza.

Sento il bisogno di spiegare ai lettori nati al nord delle Alpi il tono quasi ufficiale di parecchie battute di questo dialogo. Ricorderò che nei paesi strettamente cattolici la maggior parte dei dialoghi su argomenti scabrosi finiscono con l'arrivare al confessionale, e allora è tutt'altro che indifferente essersi servito d'una parola rispettosa o d'un termine ironico.

Il giorno dopo, nel pomeriggio, Vittoria Carafa seppe che per un errore di fatto, scoperto nella terna presentata per la nomina della badessa di Castro, l'elezione era rimandata di sei mesi: la seconda monaca della terna aveva in famiglia un rinnegato: un suo prozio s'era fatto protestante a Udine.

La signora di Campireali credette opportuno fare un passo presso il principe Fabrizio Colonna, alla cui casa stava per offrire un così ragguardevole aumento di patrimonio. Dopo due giorni di pratiche, riuscì ad ottenere un colloquio in un villaggio vicino a Roma. Ma da quell'udienza ne uscì tutta spaventata; aveva trovato il principe, di solito così calmo, tanto preoccupato della gloria militare del colonnello Lizzara (Giulio Branciforte) che aveva creduto del tutto inutile chiedergli il segreto su quel punto. Il colonnello era per lui un figliolo, anzi anche di più: un allievo prediletto. Il principe passava il tempo a leggere e rileggere certe lettere venute dalla Fiandra. Che cosa sarebbe stato del progetto che la signora di Campireali accarezzava da tanti anni e a cui aveva sacrificato tante cose, se la figlia fosse venuta a conoscenza dell'esistenza e della gloria del colonnello Lizzara?

Credo bene tacere molte circostanze che a dire il vero rappresentano i costumi di quel tempo, ma che sarebbe triste raccontare anche se l'autore del manoscritto romano ha fatto non poca fatica per arrivare a fissare la data precisa di particolari che io sopprimo.

Due anni dopo il colloquio tra la signora di Campireali e il principe Colonna, Elena era badessa di Castro. Ma il vecchio cardinale Santi Quattro era morto di crepacuore dopo quel gran peccato di simonìa. In quel tempo Castro aveva per vescovo il più bell'uomo della corte pontificia, monsignor Francesco Cittadini, nobile milanese.

Questo giovane, ragguardevole per la sua grazia modesta e per il suo tono dignitoso, ebbe frequenti relazioni con la badessa della Visitazione soprattutto nell'occasione della muratura del nuovo chiostro con cui Elena aveva abbellito il convento. Il giovane vescovo Cittadini, che aveva allora ventinove anni, s'innamorò pazzamente della bella badessa. Nel processo che fu istruito un anno dopo, una quantità di monache, chiamate come testimoni, riferiscono che il vescovo moltiplicava quanto gli era possibile le visite al convento e diceva sovente alla badessa:

Altrove comando io, e, lo confesso con rossore, ci provo una certa soddisfazione; qui da voi ubbidisco come uno schiavo, ma con un piacere che supera di molto quello di comandare altrove. Sono sotto l'influsso di un essere superiore: anche se tentassi di farlo, non potrei avere altra volontà che la sua, e preferirei essere eternamente l'ultimo dei suoi servi che essere re lontano dai suoi occhi.

I testimoni riferiscono che la badessa interrompeva spesso queste frasi eleganti ordinandogli di tacere, anche con parole dure e sprezzanti.

Al dire il vero, continua un altro testimonio, la signora badessa lo trattava come un domestico. E allora il povero vescovo abbassava gli occhi, si metteva a piangere, ma non se ne andava. Trovava ogni giorno un nuovo pretesto per ripresentarsi al convento, il che scandalizzava molto i confessori delle monache e le nemiche della badessa. Ma la signora badessa era vivamente difesa dalla priora, sua intima amica, che regolava la disciplina interna del monastero sotto gli ordini immediati di lei.

Voi sapete, mie nobili sorelle, diceva la priora, che dopo la passione infelice provata dalla nostra badessa, nella sua prima gioventù, per un soldato di ventura, le sono rimaste in capo molte idee bizzarre. Ma sapete anche che il suo carattere ha questo di notevole: quando ha mostrato disprezzo per una persona non muta mai di parere. Ora, in tutta la sua vita non le sono forse uscite di bocca tante parole sprezzanti quante ne ha rivolte in presenza nostra al povero monsignor Cittadini. Noi lo vediamo ogni giorno trattato in tal modo che ci viene da arrossire per la sua alta dignità.

Sì, rispondevano le monache scandalizzate, ma ritorna tutti i giorni: dunque, non è poi trattato così male, e in ogni caso questa apparenza d'intrigo nuoce alla buona fama del santo ordine della Visitazione.

Il padrone più duro non rivolge al servo più inetto la metà delle ingiurie con cui ogni giorno l'altera badessa umiliava quel giovane vescovo dalle maniere così untuose. Ma egli era innamorato, ed era venuto dal suo paese con questa massima fondamentale, che quando s'è incominciata un'impresa di quel genere bisogna mirare unicamente allo scopo, e non curarsi dei mezzi.

In fin dei conti, diceva il vescovo al suo confidente Cesare del Bene, il disprezzo è riservato all'amante che ha rinunciato all'attacco prima di esserci costretto da cause di forza maggiore.

Ora il triste compito del narratore si limita a dare un sunto molto arido del processo che causò la morte di Elena. Questo processo, che ho letto in una biblioteca di cui devo tacere il nome, occupa almeno otto volumi.

L'interrogatorio e il ragionamento sono in latino, le risposte in italiano. Vi ho letto che nel novembre 1572, verso le undici di sera, il giovane vescovo si recò da solo alla porta della chiesa dove i fedeli sono ammessi durante tutta la giornata. La badessa stessa gli aprì la porta e gli permise di seguirla. Lo ricevette in una stanza dove andava spesso a trattenersi e che per una porta segreta metteva nelle tribune che corrono lungo le navate della chiesa. Era trascorsa un'ora appena quando il vescovo, tutto stupito, fu congedato. La badessa lo ricondusse fino alla porta della chiesa e gli disse queste precise parole:

Ritornate nel vostro palazzo e lasciatemi subito. Addio, monsignore: mi fate orrore; mi sembra di essermi data a un servitore.

Tre mesi dopo si era in carnevale. Gli abitanti di Castro erano famosi per le feste che si scambiavano tra loro in quelle settimane: la città era piena del chiasso delle mascherate. Nessuna di queste mancava di passare davanti ad un certo finestrino che dava luce, per una servitù, a una scuderia del convento. E' facile capire che durante i tre mesi del carnevale la scuderia si trasformava in un salotto e che nei giorni in cui c'erano mascherate era piena zeppa di gente. Un giorno, mentre il popolo festeggiava, il vescovo venne a passar di là con la sua carrozza. La badessa gli fece un segno, e la notte seguente, all'una, egli non mancò di trovarsi alla porta della chiesa. Entrò; ma dopo tre quarti d'ora all'incirca fu congedato con rabbia. Dopo il primo appuntamento in novembre, egli seguitava ad andare al convento quasi tutte le settimane. Gli si leggeva in volto non so che espressione di trionfo e di melensaggine che non sfuggiva a nessuno, ma che aveva il privilegio di urtare profondamente il carattere altero della giovane badessa. Il lunedì di Pasqua, come altre volte, la badessa lo trattò come l'ultimo degli uomini, e gli rivolse parole tali che il più miserando dei servi del monastero non le avrebbe sopportate. Tuttavia, qualche giorno dopo, gli fece capire con un segno di trovarsi a mezzanotte alla porta della chiesa, e il bel vescovo non mancò all'appuntamento: l'aveva fatto venire per dichiarargli che era incinta. A questa notizia, dice il processo, il bel giovane impallidì per l'orrore e "istupidì dalla paura". La badessa ebbe la febbre: fece chiamare il medico e non gli nascose il proprio stato. L'uomo conosceva bene il carattere generoso dell'ammalata e le promise di trarla d'impaccio. Incominciò col metterla in relazione con una giovane e graziosa popolana che non era propriamente una levatrice, ma s'intendeva di parti. Suo marito era fornaio. Elena fu soddisfatta della conversazione che ebbe con questa donna, la quale le dichiarò che per la buona riuscita dei progetti con cui sperava di salvarla era necessario avere due confidenti nel monastero.

Per una donna come voi, passi! Ma una mia pari! No. Andatevene immediatamente.

La levatrice se ne andò. Ma Elena non credeva prudente esporsi alle chiacchiere di quella donna, e fece chiamare il medico, il quale rimandò la levatrice al convento, dove fu generosamente trattata. Ella disse che anche se non l'avessero richiamata non avrebbe mai divulgato il segreto che le era stato confidato; ma dichiarò ancora una volta che non poteva occuparsi di nulla se non c'erano nel monastero due donne che sapessero tutto e che fossero devote alla badessa. (Pensava senza dubbio all'accusa d'infanticidio). Dopo averci molto pensato, la badessa decise di confidare il tremendo segreto alla signora

Vittoria, priora del convento, della nobile famiglia dei duchi di C... e alla signora Bernarda, figlia del marchese P... Fece giurar loro sul breviario che non avrebbero detto una parola, neppure al tribunale della penitenza, di quanto stava per confidare. Le due monache si sentirono agghiacciate dal terrore. Nei loro interrogatori esse confessarono che conoscendo il carattere così altero della badessa s'aspettavano la confidenza di qualche assassinio.

La badessa disse con semplicità e freddezza:

Ho mancato a tutti i miei doveri: sono incinta.

La signora Vittoria, la priora, profondamente commossa e turbata per l'amicizia che da tanti anni la legava ad Elena, e per niente spinta da vana curiosità, domandò, con le lacrime agli occhi:

Chi è dunque l'imprudente che ha commesso questo delitto?

Non l'ho detto neppure al mio confessore: pensate se posso dirlo a voi!

Le due monache cercarono in tutta fretta il modo di nascondere il fatale segreto alle altre religiose. Prima di tutto stabilirono di trasportare il letto della badessa dalla sua camera, posto molto centrale, alla farmacia che era stata collocata nel luogo più remoto del monastero, al terzo piano di quella grande ala fatta costruire dalla generosa Elena. Fu là che la badessa diede alla luce un bambino maschio. La moglie del fornaio era nascosta da tre mesi nell'appartamento della priora. Mentre camminava in fretta nel chiostro, col bambino in collo, questo si mise a gridare, e la donna, spaventata, si rifugiò nella cantina. Un'ora dopo la signora Bernarda riuscì con l'aiuto del medico ad aprire una porticina del giardino, e la moglie del fornaio uscì in fretta dal monastero e poco dopo dalla città. Arrivata in aperta campagna e presa dal panico, si rifugiò in una grotta che il caso le fece trovare tra certe rocce. La badessa scrisse a Cesare del Bene, confidente e primo cameriere del vescovo, che corse a cavallo alla grotta indicata, prese il bambino in groppa con sé, e partì al galoppo per Montefiascone. Il bambino fu battezzato nella chiesa di Santa Margherita e gli fu imposto il nome di Alessandro. L'ostessa del luogo procurò una balia a cui Cesare consegnò otto scudi. Molte donne, che s'erano accalcate intorno alla chiesa durante la cerimonia del battesimo, chiesero ad alte grida al signor Cesare il nome del padre del bambino.

E' un gran signore di Roma, egli rispose che si è permesso di sedurre una povera contadina come voi.

E scomparve.

Capitolo 7

Sembrava che tutto dunque andasse bene in quell'immenso monastero, abitato da più di trecento donne curiose. Nessuno aveva visto nulla, nessuno aveva sentito nulla. Ma accadde che la badessa diede al medico alcune manate di zecchini coniati di recente nella zecca di Roma. Il medico a sua volta diede parecchie di quelle monete alla moglie del fornaio. La donna era graziosa e il marito geloso: questi le frugò nella valigia, ci trovò quelle belle monete d'oro tutte lucenti, e credendo che fosse il prezzo del suo disonore costrinse la moglie, col coltello alla gola, a dirgli da chi le aveva avute. Dopo molte tergiversazioni, la donna confessò la verità, e la pace fu fatta. I due sposi passarono a discutere sull'uso che potevano fare d'una tal somma. La fornaia voleva pagare certi debiti; ma il marito pensò che era meglio comperare un mulo, e così fecero. Quel mulo fece scandalo nel vicinato, che conosceva bene la povertà dei due sposi. Tutte le comari della città, amiche e nemiche, venivano le une dopo le altre a chiedere alla moglie del fornaio quale amante generoso l'aveva messa in condizioni di comperare un mulo, e la donna, irritata, qualche volta rispondeva dicendo la verità. Un giorno che Cesare del Bene era andato a vedere il bambino e ritornava a rendere conto della sua visita alla badessa, questa, benché indisposta, venne fino alla grata, e gli fece rimproveri sulla poca discrezione usata dagli agenti di cui egli s'era servito. Il vescovo, da parte sua, cadde ammalato per la paura, e scrisse ai suoi fratelli di Milano per raccontare l'ingiusta accusa che gli facevano e per invitarli a venire in suo aiuto. Benché gravemente ammalato, decise di lasciare Castro; ma prima di partire scrisse alla badessa:

"Saprete già che la gente sa tutto. Perciò, se avete interesse a mettere in salvo non solo la mia reputazione, ma anche la mia vita e se volete evitare un più grave scandalo, potete incolpare Giambattista Doleri, morto da qualche giorno. Se con questo mezzo non provvedete al vostro onore, il mio almeno non correrà più alcun pericolo".

Il vescovo chiamò don Luigi, il confessore del monastero di Castro.

Consegnate questa lettera, gli disse, nelle mani della signora badessa.

Questa, dopo aver ricevuto l'infame biglietto, esclamò davanti a tutte le persone che erano nella stanza:

Così meritano d'essere trattate le vergini folli che preferiscono la bellezza del corpo a quella dell'anima!

Notizia di quanto avveniva a Castro giunse rapidamente alle orecchie del "terribile" cardinale Farnese che da qualche tempo aveva assunto quel tal carattere perché sperava di avere nel prossimo conclave l'appoggio dei cardinali zelanti. Il podestà di Castro ebbe subito l'ordine di fare arrestare il vescovo Cittadini. Tutti i suoi domestici, per lo spavento d'esser messi alla tortura, presero la fuga. Il solo Cesare del Bene restò fedele al suo padrone e gli giurò che sarebbe morto fra i tormenti piuttosto che confessare cosa che potesse nuocergli. Monsignor Cittadini, vedendo il suo palazzo circondato di guardie, scrisse di nuovo ai suoi fratelli che arrivarono da Milano in tutta fretta. Lo trovarono chiuso nella prigione di Ronciglione.

Raccolgo dal primo interrogatorio che la badessa, pur confessando la propria colpa, negò di aver avuto rapporti con monsignor vescovo: il suo complice era stato Giambattista Doleri, avvocato del convento.

Il 9 settembre 1573 Gregorio tredicesimo ordinò che il processo fosse fatto in tutta fretta e col massimo rigore. Un giudice criminale, un fiscale e un commissario si recarono a Castro e a Ronciglione. Cesare del Bene, primo cameriere del vescovo, confessa soltanto d'aver portato un bambino presso una balia. E' messo a confronto con le signore Vittoria e Bernarda. Torturato per due giorni di seguito, soffre orribilmente; ma fedele alla sua parola, non confessa se non quanto è impossibile negare, e il fiscale non può trargli nulla di bocca.

Quando viene la volta delle signore Vittoria e Bernarda, che avevano assistito alle torture inflitte a Cesare, le stesse confessano quanto hanno fatto. Tutte le religiose sono interrogate circa il nome dell'autore del delitto: quasi tutte rispondono di avere sentito dire che è monsignor vescovo. Una delle suore portinaie riferisce le parole oltraggiose che la badessa aveva rivolto al vescovo nel metterlo alla porta della chiesa. E aggiunse:

"Quando si parla con un tono simile, gli è che da un pezzo si amoreggia. Infatti monsignor vescovo, che di solito era pieno di sicumera, nell'uscir di chiesa era tutto vergognoso".

Una delle religiose, interrogata davanti allo strumento di tortura, risponde che l'autore del delitto dev'essere il gatto, perché la badessa se lo tiene sempre in grembo e lo accarezza molto. Un'altra religiosa pretende che l'autore del delitto dev'essere il vento, perché nelle giornate ventose, la badessa è felice e di buon umore e si espone all'azione del vento su un belvedere che ha fatto costruire apposta; e quando si va a chiederle là una grazia, non la rifiuta mai. La moglie del fornaio, la balia, le comari di Montefiascone, spaventate dalle torture che avevano visto infliggere a Cesare, dicono la verità.

Il giovane vescovo era malato o si fingeva malato a Ronciglione; e questo diede occasione ai suoi fratelli, aiutati dal credito e dall'alta posizione della signora di Campireali, di gettarsi più volte ai piedi del Papa, e di chiedergli che la procedura fosse sospesa finché il vescovo non si fosse ristabilito in salute. Il terribile cardinale Farnese accrebbe allora il numero dei soldati che ne vigilavano la prigione. Non potendo il vescovo essere interrogato, i commissari incominciavano tutte le loro sedute facendo subire un nuovo interrogatorio alla badessa. Un giorno che la madre le aveva fatto dire di tenere duro e continuare a negare tutto, lei confessò ogni cosa.

Perché da principio avete accusato Giambattista Doleri?

Perché la viltà del vescovo mi faceva pena, e d'altra parte se egli riesce a salvar la pelle, potrà curarsi di mio figlio.

Dopo questa confessione, la badessa fu chiusa in una stanza del convento di Castro, le cui mura, come la volta, avevano la grossezza di otto piedi. Le monache parlavano con orrore di quella cella, conosciuta col nome di stanza dei monaci. La badessa era guardata a vista da tre donne.

Poiché la salute del vescovo migliorò un poco, trecento sbirri o soldati andarono a prenderlo a Ronciglione, lo trasportarono a Roma in lettiga, e lo deposero nella prigione chiamata Corte Savella. Pochi giorni dopo anche le religiose furono condotte a Roma: la badessa fu chiusa nel monastero di Santa Marta. Quattro erano le accusate: le signore Vittoria e Bernarda, la guardiana e la portinaia che aveva sentito le parole oltraggiose rivolte al vescovo dalla badessa.

Il vescovo fu interrogato dall'uditore della Camera Apostolica, uno dei primi personaggi dell'ordine giudiziario. Fu nuovamente sottoposto alla tortura il povero Cesare del Bene, il quale non solo non confessò nulla, ma disse cose che "dispiacquero al Pubblico Ministero", e questo si vendicò con un'altra applicazione della tortura. Anche alle signore Vittoria e Bernarda fu inflitto questo supplizio supplementare. Il vescovo negava tutto scioccamente, ma con coraggiosa ostinatezza: dava conto, fin nei minimi particolari, di quanto aveva fatto nelle tre serate che evidentemente aveva trascorso con la badessa.

Finalmente furono messi a confronto la badessa di Castro e il vescovo, e benché la badessa dicesse costantemente la verità, fu sottoposta alla tortura. Poiché ripeteva quel che aveva sempre detto dopo la sua prima confessione, il vescovo, conforme alla propria indole, le rivolse ingiurie. Dopo parecchie altre misure, ragionevoli in fondo, ma ispirate da quella crudeltà che prevaleva troppo spesso nei tribunali italiani, dopo il regno di Carlo Quinto e di Filippo Secondo, il vescovo fu condannato alla prigione perpetua in Castel Sant'Angelo e la badessa a passare tutta la vita in quel convento di Santa Marta dove era stata condotta. Ma l'attività della signora di Campireali non si fermava dinanzi ad alcun ostacolo: essa aveva incominciato a far scavare un passaggio sotterraneo per salvare la figlia.

Il passaggio partiva da una di quelle fogne aperte dalla magnificenza degli antichi Romani e sboccava in una profonda cripta dove si deponevano le spoglie mortali delle religiose di Santa Marta. Largo due piedi all'incirca, il passaggio aveva pareti di tavole per arginare la terra a destra e a sinistra, e via via che si procedeva nello scavo gli si costruiva sopra una specie di volta con due tavole convergenti come le gambe di una A maiuscola.

Lo scavo era press'a poco a trenta piedi di profondità. Il difficile stava nel dargli la direzione giusta: ogni momento s'incontravano pozzi o fondamenta di antichi edifici che costringevano gli operai a deviare. Un'altra grande difficoltà consisteva nell'ingombro della terra scavata, di cui non si sapeva cosa fare: sembra che di notte la trasportassero fuori e la spargessero qua e là in tutte le vie di Roma. La gente si meravigliava di tutta quella gran quantità di terra che sembrava piovuta dal cielo.

La signora di Campireali spendeva denari a piene mani, perché adorava la figlia, nonostante le osservazioni che s'era permessa di farle. Eppure, con tutto il genio che non le contestano i vecchi che l'hanno conosciuta e da cui ho saputo questi curiosi particolari, il suo passaggio sotterraneo sarebbe stato senza dubbio scoperto.

Ma il papa Gregorio tredicesimo venne a morire nel 1585, e con la sede vacante incominciò il regno del disordine.

Elena era trattata molto male nel convento dov'era stata rinchiusa. Si può facilmente immaginare con quale zelo semplici religiose piuttosto povere com'erano quelle di Santa Marta tormentavano una badessa molto ricca e rea confessa d'un tal delitto. Elena aspettava ansiosa il risultato dei lavori intrapresi dalla madre. Ma improvvisamente il suo cuore ebbe strane emozioni. Già da sei mesi Fabrizio Colonna, prevedendo la prossima morte di Gregorio tredicesimo, formava grandi progetti per l'interregno: egli aveva mandato uno dei suoi ufficiali da Giulio Branciforte, ormai ben conosciuto nell'esercito spagnolo sotto il nome di colonnello Lizzara, per richiamarlo in Italia. Giulio, che ardeva dal desiderio di rivedere il suo paese, sbarcò con un falso nome a Pescara, piccolo porto dell'Adriatico sotto Chieti in Abbruzzo, e attraverso le montagne arrivò fino alla Petrella. La gioia che n'ebbe il principe fece stupire tutti. Egli disse a Giulio che l'aveva fatto chiamare per nominarlo suo successore e affidargli il comando delle sue truppe. Il Branciforte gli rispose che l'impresa, militarmente parlando, non valeva nulla, e glielo provò facilmente: se la Spagna l'avesse voluto sul serio, in pochi mesi e con poca fatica, avrebbe potuto distruggere tutti i soldati di ventura d'Italia.

 Ma insomma, aggiunse il giovane Branciforte, se tale è la vostra volontà, principe, eccomi pronto a marciare. In me voi troverete sempre il successore del bravo Ranuccio ucciso ai Ciampi.

Prima dell'arrivo di Giulio, il principe aveva ordinato, come sapeva ordinar lui, che nessuno, alla Petrella, si lasciasse andare a parlare di Castro e del processo della badessa: la minima chiacchiera sarebbe stata punita con la pena di morte, inesorabilmente. Tra le calde dimostrazioni di amicizia con cui accolse il Branciforte, lo pregò di non recarsi ad Albano se non con lui, e prima d'intraprendere il viaggio fece occupare la città da mille dei suoi uomini e collocarne milleduecento in avanguardia sulla strada di Roma.

Si pensi a quel che provò Giulio quando il principe, dopo aver fatto venire il vecchio Scotti, che viveva ancora, nella casa dove aveva collocato il proprio quartiere generale, lo fece salire nella camera dov'era lui col Branciforte. Dopo che i due amici si furono gettati l'uno nelle braccia dell'altro, disse:

E ora, povero colonnello, aspettati quel che ci può essere di peggio.

Spenta la candela, chiuse a chiave i due amici nella stanza e se ne andò.

Il giorno dopo Giulio non volle uscire dalla sua camera e fece chiedere al principe il permesso di ritornare alla Petrella e di non vederlo per qualche giorno. Gli fu riferito che il principe era scomparso con le sue truppe: gli era giunta nella notte la notizia della morte di Gregorio Tredicesimo, e dimentico del suo amico Giulio batteva la campagna. Con Giulio erano rimasti soltanto una trentina di uomini appartenenti all'antica compagnia di Ranuccio. E' noto che allora le leggi erano lettera morta in tempo di sede vacante: ognuno pensava a sfogare la proprie passioni, e non c'era altra forza che la forza. Perciò, prima che finisse quel giorno, il principe Colonna aveva fatto impiccare più di cinquanta dei suoi nemici. Quanto a Giulio, benché avesse con sé meno di quaranta uomini, osò marciare verso Roma.

Tutti i domestici della badessa di Castro le erano rimasti fedeli, e avevano preso alloggio nelle casupole vicine al convento di Santa Marta. L'agonia di Gregorio Tredicesimo s'era prolungata per più d'una settimana. La signora di Campireali aspettava con impazienza le giornate di disordini che dovevano seguire alla morte del papa per fare scavare gli ultimi cinquanta passi del suo sotterraneo. Ma poiché bisognava attraversare le cantine di parecchie case abitate, temeva molto di non potere nascondere al pubblico la fine della sua impresa.

Due giorni dopo l'arrivo del Branciforte alla Petrella, i tre vecchi "bravi" di Giulio, che Elena aveva preso a servizio, sembravano impazziti. Benché tutti sapessero benissimo che lei viveva nella più assoluta reclusione, vigilata a vista da religiose che l'odiavano, Ugone, uno dei "bravi", picchiò alla porta del convento e insisté stranamente perché gli fosse concesso di vedere la sua padrona... e subito. Fu respinto e messo alla porta. Disperato, l'uomo rimase lì, e dava un "baiocco" (un soldo) a ognuno dei domestici del convento che entravano e uscivano, dicendo loro queste precise parole:

Rallegratevi con me, il signor Giulio Branciforte è arrivato, è vivo: ditelo ai vostri amici.

I due camerati di Ugone passarono la giornata a portargli dei baiocchi, e continuarono a distribuirli giorno e notte dicendo sempre le stesse parole finché non ne rimase loro neppure uno. Ma i tre "bravi", dandosi il turno, continuarono lo stesso a montar la guardia davanti alla porta del convento di Santa Marta, e a ripetere ai passanti le stesse parole con grandi gesti di saluto: Il signor Giulio è arrivato, eccetera.

L'idea di questa brava gente ebbe un felice successo: meno di trentasei ore dopo che il primo baiocco era stato distribuito, la povera Elena sapeva nel fondo della sua segreta che Giulio era vivo: quelle parole le diedero una sorta di frenesia: O mamma! esclamava, quanto male mi avete fatto!

Qualche ora più tardi la stupefacente notizia le fu confermata dalla piccola Marietta, che sacrificando tutti i suoi gioielli d'oro ottenne di seguire la suora guardiana incaricata di portare i pasti alla prigioniera. Elena le si gettò tra le braccia piangendo di gioia.

Sembra un sogno, le disse, ma io non rimarrò più a lungo con te.

S'intende! le disse Marietta. Sono certa che non passerà il tempo di questo conclave senza che la vostra prigione sia commutata in un semplice esilio.

Ah! cara, rivedere Giulio! e rivederlo, colpevole come sono!

Nella terza notte dopo questo colloquio, una parte del pavimento della chiesa sprofondò con un gran rumore: le religiose di Santa Marta credettero che il convento stesse per crollare. Ci fu un grandissimo turbamento: tutti gridavano al terremoto. Un'ora dopo la caduta del pavimento di marmo della chiesa, la signora di Campireali, preceduta dai tre "bravi" al servizio di Elena, entrò nella segreta per via sotterranea.

Vittoria, vittoria, signora! gridavano i "bravi". Elena ebbe uno spavento mortale: credette che Giulio Branciforte fosse con loro. Si rassicurò ben presto, e i lineamenti del suo volto ripresero la consueta espressione severa, quando gli uomini le dissero che con loro c'era soltanto la signora di Campireali e che Giulio era ancora ad Albano, occupata da lui con parecchie migliaia di soldati.

Dopo qualche minuto apparve la signora di Campireali: camminava con molta fatica, appoggiata al braccio del suo scudiero, che era in gran costume e con la spada al fianco, ma con quel magnifico costume tutto sudicio di terra.

 Elena mia! vengo a salvarti! esclamò la signora di Campireali.

 E chi vi dice che io voglia essere salvata?

La signora di Campireali, stupita, guardava la figlia con occhi spalancati: sembrava presa da una grande agitazione.

 Ebbene, Elena mia, disse finalmente, il destino mi sforza a confessarti un'azione forse molto naturale, dopo le sventure che un giorno hanno colpito la nostra famiglia; ma non me ne pento, e ti prego di perdonarmi: Giulio... Branciforte... è vivo...

 E proprio perché vive io non voglio vivere.

La signora di Campireali da principio non comprendeva quel che la figliola volesse dire. Si mise a supplicarla teneramente, ma non ottenne nessuna risposta. Elena s'era voltata verso il suo crocifisso e pregava senza ascoltarla. Invano, per un'ora intera, la signora di Campireali fece di tutto per ottenere una parola o uno sguardo. Finalmente, spazientita, la figlia le disse:

 Le sue lettere erano nascoste sotto il marmo di questo crocifisso, nella mia cameretta di Albano: sarebbe stato meglio lasciare che mio padre mi pugnalasse! Uscite, e lasciatemi del danaro.

La signora di Campireali voleva parlare ancora alla figlia, malgrado i segni che le faceva lo scudiero impaurito, ma Elena proruppe:

 Lasciatemi almeno un'ora di libertà: mi avete avvelenato la vita e ora volete avvelenarmi anche la morte.

 Saremo padroni del sotterraneo ancora per due o tre ore: spero che ti ricrederai! esclamò la signora di Campireali tutta in lacrime.

E riprese la via del sotterraneo.

 Ugone, resta qui con me, disse Elena a uno dei suoi "bravi" e sii bene armato, ragazzo mio, perché forse bisognerà difendermi. Vediamo la tua daga, la tua spada, il tuo pugnale!

Il vecchio soldato le mostrò le sue armi, che erano in buono stato.

 Ebbene, tieniti lì sulla porta della prigione. Io scriverò una lunga lettera a Giulio che tu stesso gli consegnerai: voglio che passi soltanto per le tue mani, perché non ho nulla per sigillarla. Tu puoi leggerla tutta. Mettiti in tasca queste monete d'oro che mia madre ha lasciato. Per me non ho bisogno che di cinquanta zecchini: mettili sul mio letto.

Dopo queste parole. Elena si mise a scrivere.

"Non dubito di te, Giulio mio: se me ne vado, è perché morirei di dolore tra le tue braccia vedendo quale sarebbe la mia felicità se non avessi commesso una colpa. Non credere che io abbia amato un altro al mondo dopo di te. Anzi il mio cuore era pieno del più vivo disprezzo per l'uomo che ammettevo nella mia camera. La mia è una colpa nata soltanto dalla noia: una colpa, se si vuole, di libertinaggio. Pensa che il mio animo, molto indebolito dopo l'ultimo tentativo della Petrella, quando ebbi una così crudele accoglienza dal principe che veneravo perché tu l'amavi, pensa, dico, che il mio animo molto indebolito durante dodici anni di menzogne, fu come assediato. Tutto quel che mi circondava era falsità e inganno, e io lo sapevo. Ebbi da principio una trentina di lettere da te: pensa con quale impeto di passione aprii le prime! Ma, via via che leggevo, il cuore mi si agghiacciava. Esaminavo quella scrittura: ci riconoscevo la tua mano, ma non il tuo cuore. Pensa che quel primo inganno ha sconvolto a tal punto l'essenza della mia vita che potevo aprire senza gioia una lettera scritta da te! Il tremendo annuncio della tua morte finì di uccidere quanto sopravviveva in me della nostra felice giovinezza. Il mio primo pensiero, come tu ben comprenderai, fu quello di visitare e toccare con le mie mani la spiaggia messicana dove si diceva che i selvaggi t'avevano ucciso. Se avessi seguito quel pensiero... ora saremmo felici, perché a Madrid, per numerose e furbe che fossero le spie messemi alle calcagna da chi vigilava su di me, avrei tratto dalla mia tutte le anime in cui resta ancora un po' di compassione e di bontà, e probabilmente sarei arrivata a sapere la verità. Già il tuo valore, Giulio mio, aveva richiamato su te l'attenzione del mondo, e forse a Madrid qualcuno sapeva che tu ti chiamavi Branciforte. Vuoi che ti dica quel che impedì la nostra felicità? Prima di tutto, il ricordo dell'atroce e umiliante accoglienza che ebbi dal principe alla Petrella: quanti e quali ostacoli avrei dovuto affrontare per andare da Castro al Messico! Come tu vedi, l'energia della mia anima già incominciava a scemare. Mi venne poi una tentazione di vanità. Avevo fatto fare delle grandi costruzioni nel convento per trasformare in camera da letto per me lo stanzino della suora guardiana, dove tu ti eri rifugiato nella notte del combattimento. Guardavo un giorno quella terra che tu avevi bagnato del tuo sangue, per me; ed ecco che mi giunse all'orecchio una parola sprezzante: levai il capo, e vidi delle facce cattive: volli esser badessa per vendicarmi. Mia madre, che sapeva bene che tu eri vivo, fece cose eroiche per ottenere una nomina così stravagante. L'alto grado non fu per me che una fonte di guai: finì di avvilirmi l'anima. Sentivo piacere nell'esercitare il mio potere a danno delle altre: fui ingiusta. Mi vedevo a trent'anni virtuosa agli occhi del mondo, ricca, rispettata, e nondimeno profondamente infelice. Allora si presentò quel pover'uomo, che era la bontà stessa, ma anche la dabbenaggine in persona. Proprio grazie a quella dabbenaggine diedi ascolto alle sue prime parole. La mia anima era così addolorata da tutto quel che mi circondava dopo la tua partenza che non aveva più la forza di resistere alla minima tentazione. Ti confesserò una cosa molto sconveniente? Ma pensa che a una morta tutto è permesso. Quando leggerai queste righe, i vermi divoreranno questa bellezza che avrebbe dovuto essere soltanto tua. Ma insomma devo dire questa cosa che mi fa tanto pena: non capivo perché non avrei gustato anch'io, come tutte le dame di Roma, l'amore grossolano. Ebbi un pensiero licenzioso, ma non ho potuto mai darmi a quell'uomo senza provare un senso di disgusto e di orrore che annullava ogni piacere. Ti vedevo sempre vicino a me, nel nostro giardino di Albano, quando la Madonna t'ispirò quel pensiero apparentemente generoso, ma che pure, dopo mia madre, è stata la disgrazia della nostra vita. Non eri minaccioso, ma tenero e buono come sei stato sempre: mi guardavi; e io allora avevo degli impeti di collera contro quell'altro e arrivavo al punto di batterlo con tutte le mie forze. Ecco tutta la verità, Giulio mio: non volevo morire senza dirtela, e pensavo anche che questa conversazione con te avrebbe allontanata da me l'idea della morte. Ora vedo anche meglio quale sarebbe stata la mia gioia nel rivederti, se mi fossi mantenuta degna di te. Ti ordino di vivere e di seguitare codesta carriera militare che mi ha dato tanta gioia quando ho saputo dei tuoi primi felici successi. Che cosa sarebbe accaduto, gran Dio! se avessi ricevuto le tue lettere, soprattutto dopo la battaglia di Achenne! Vivi, e conserva memoria di Ranuccio, ucciso ai Ciampi, e di Elena, che per non vedere un rimprovero nei tuoi occhi, è morta a Santa Marta".

Dopo che ebbe scritto, Elena si avvicinò al vecchio soldato e vide che dormiva. Gli tolse la daga, senza ch'egli se ne avvedesse, e lo svegliò.

 Ho finito, disse, temo che i nostri nemici s'impadroniscano del sotterraneo. Corri in fretta a prender la lettera sulla tavola e consegnala tu stesso a Giulio: TU STESSO, hai capito? Dagli anche questo fazzoletto: digli che l'amo in questo momento come l'ho sempre amato, SEMPRE, hai ben capito?

Ugone, in piedi, non se ne andava.

 Vattene, dunque!

 Signora, avete riflettuto bene? Il signor Giulio vi ama tanto!

 Anch'io l'amo: prendi la lettera e dagliela tu stesso.

 Ebbene, che Dio vi benedica: siete così buona!

Ugone si mosse per andar via, poi ritornò in fretta e trovò Elena morta: aveva la daga nel cuore.